Martin Greif

General York

Vaterländisches Schauspiel in fünf Akten

Martin Greif

General York
Vaterländisches Schauspiel in fünf Akten

ISBN/EAN: 9783743483569

Hergestellt in Europa, USA, Kanada, Australien, Japan

Cover: Foto ©Andreas Hilbeck / pixelio.de

Manufactured and distributed by brebook publishing software
(www.brebook.com)

Martin Greif

General York

General York.

Vaterländisches Schauspiel in fünf Akten

von

Martin Greif,

Leipzig,
C. F. Amelangs Verlag.
1899.

Personen-Verzeichnis.

General von York, Kommandeur des preußischen Hilfscorps.
   „   von Kleist,   „   der Infanterie des Corps.
   „   von Maffenbach, „   „ Kavallerie des Corps.
Oberst von Röder, Generalstabschef des Corps.
   „   von Czarnowski, Kommandeur des 2. Husarenregiments.
Major von Seydlitz, erster Adjutant Yorks.
   „   von Bork, Kommandeur eines pommerschen Bataillons.
   von Tiedemann, verabschiedeter preußischer Major.
Graf von Canitz, Lieutenant.
Glenke, Sergeant.
August Trabert, Freiwilliger.
Johanna von York, Yorks Gemahlin.
Luise von Seydlitz, Seydlitzens Gemahlin.
Wilhelmine von Sommerfeld, Verlobte Tiedemanns.
Friederike Holmer, deren Schwester.
von Auerswald, Landhofmeister von Ostpreußen.
Graf Alexander zu Dohna, Vorsitzender der ostpreußischen Stände.
Heidemann, Oberbürgermeister von Königsberg.
Der Rektor der Albertina=Universität.
Macdonald, Marschall und Herzog von Tarent, Oberkommandant des
      X. Corps der alliierten Armee.
Campredon ⎫
Grandjean ⎬ französische Generale im Corps.
Terrier, Obrist, Adjutant des Marschalls.
Bergier, Intendant des französischen Corps.
Touche=Molin, französischer Konsul in Memel.
Iwan Beer, dessen Diener.
Karl von Clausewitz, Oberstlieutenant in russischem Dienst.
Graf Friedrich zu Dohna, ein russischer Offizier.
     Preußische und französische Offiziere und Soldaten.
Mitglieder der ostpreußischen Stände und Stadtverordnete von Königsberg.
Studenten der Albertina. Die drei Kinder Yorks. Ein Unbekannter.
           Ein russisches Weib.

Ort der Handlung: Königsberg im ersten und letzten Akt. Sonst
spielt das Stück zu Memel oder im Kurland in den Schlössern Peterhof
und Stalgen bei Mitau, sowie in den Gegenden von Bauske und Tauroggen.
Zeit der Handlung: Zwischen Mai 1812 und Januar 1813.

Erster Akt.

(Yorks Dienstwohnung zu Königsberg. Sein Empfangs- und Arbeits-
zimmer mit Stühlen, einem Kanapee und Schreibtisch. Die Bilder des Königs
Friedrich Wilhelm III. und der Königin Luise hängen an der Wand. York reicht
Tiedemann dessen eben eingesehenen Paß zurück.)

York. Sie kommen, Tiedemann, aus Schlesien,
Wo als Major Sie aus dem Heer geschieden
Gleich andern vielgenannten Offizieren,
Gleich Chazot, Dohna, Boyen, Clausewitz,
Die durch ihr Beispiel in so ernster Zeit
Das Anseh'n unsres Dienstes n i ch t gehoben.
Besonders schmerzt mich dieser Schritt von I h n e n ,
Dem Sohne eines teuren Jugendfreundes.

Tiedemann. In Gnaden ward ich meiner Pflicht entlassen,
Wie Exzellenz aus meinem Paß ersahn.

York. Ihr sel'ger Vater hätt' es nicht gebilligt!

Tiedemann. Ich konnte nicht es über mich gewinnen,
Zu kämpfen an der Seite d i e s e s Gegners,
Der uns als Sieger unerhört bedrückt.

York. Und glauben Sie, daß ich den Feind nicht hasse,
Der Wohlstand, Freiheit, Größe uns geraubt?
Daß nicht auch mein Herz längst schon darnach dürstet,
Im Streit ihn zu bekämpfen bis aufs Blut?
Doch als Soldat kenn' ich Gehorsam nur,
Gehorsam unserm Kriegsherrn, unserm König.

Tiedemann. Ja, wenn nicht unfrei unser König wäre!
York. Gefangen selber wär' er noch mein Herr!
So nehm' ich hier auch seinem Wunsch gemäß
Die zweite Stelle im Kommando ein
Und ließ den Vorrang einem General,
Der von Napoleon dazu empfohlen!
Doch nun genug. — Wie kamen Sie dazu,
Den Umweg über Königsberg zu nehmen?
Tiedemann. Ich will nach Memel die Verlobte bringen,
Wo ihr versorgt die ält're Schwester wohnt,
Bei der sie als Verwaiste Zuflucht findet.
Die Mutter starb erst kürzlich in der Heimat
Als Witwe eines uns'rer Kapitäne,
Der Anno Sechs bei Auerstädt geblieben.
York. Wie hieß der Kriegskam'rad?
Tiedemann. Von Sommerfeld.
York. Den kannt' ich wohl, er starb den Heldentod. —
Mich wundert, daß Sie noch Quartier gefunden,
Da jedes Haus mit Truppen überfüllt.
Tiedemann. Als gestern abend wir das Thor passierten,
Stand Major Seydlitz in der Näh' der Wache.
Er nahm mir Braut samt Zofe bei sich auf
Im Zimmer seiner Frau, wogegen ich
Mit Major Bork die Stube konnte teilen.
York. Ich werde Seydlitz um die Ehre bitten,
Da eben jetzt die Stunde zum Rapport.
(Seydlitz tritt durch die Hauptthüre ein.)
Sie haben, hör' ich, einen Gast bekommen.
Seydlitz. Und einen, den wir ungern scheiden sehen.
Das Fräulein ist so schön als liebenswert.
York (zu Seydlitz). Nun denn, ich freue mich, sie zu erblicken,
Und meine Frau gewiß nicht minder auch.
Seydlitz. Sie sind schon auf dem Weg her zum Besuch.
York. So will ich gleich die Meinen unterrichten.
(Er entfernt sich durch eine Nebenthür.)
Seydlitz. Wie nahm er Deine Meldung auf?
Tiedemann. Voll Unmut:
Er schalt auf mich und alle, Boyen, Dohna,
Auf Chazot, Clausewitz; nur Gneisenau,
Der sich von Rußland erst nach England wandte,

Entging, der **Retter Kolbergs**, seinem Tadel.
Uns alle trifft indes sein Vorwurf nicht!
Was suchen andres wir im Heer des Zaren,
Als eine Fahne, die voran uns weht
Im Kampfe gegen den verhaßten Korsen,
Den blut'gen Menschenschlächter, der zur Geißel,
Ein zweiter Attila, der Menschheit ward?
Was andres als ein Schlachtfeld wider ihn,
Der unser armes Volk so tief erniedrigt,
Daß es dem Zwingherrn muß Gefolgschaft leisten
Und schmieden helfen an den eig'nen Ketten!

Seydlitz. Wer untersucht, hört auf, Soldat zu sein!
Dem Führer muß der Krieger blind gehorchen.

Tiedemann. Doch giebt es Zeiten, da auch der Soldat
Selbstthätig muß am Werk der Zukunft bauen.

(Luise von Seydlitz und Wilhelmine von Sommerfeld treten ein.)

Seydlitz (zu Wilhelmine). Der General empfängt Sie mit Vergnügen.

Tiedemann. Er kannte und er schätzte Deinen Vater.

(York tritt mit seiner Frau aus dem Nebenzimmer.)

York. Da sind sie schon —

Johanna von York. Gegrüßt in Königsberg!

(Sie reicht Wilhelmine die Hand.)

York (zu Frau von Seydlitz). Sie thaten wohl, das Fräulein uns
zu bringen.

Luise von Seydlitz. Sie ist der Ehre würdig, Exzellenz.

(Sie setzen sich.)

Johanna von York. Von Ihrem Mißgeschick vernahm ich schon
Durch meinen Mann mit innigem Bedauern.

(Mit einem Blick auf Tiedemann.)

Ein Glück; daß Sie nicht ganz verlassen sind!
Und einer Schwester eilen Sie nun zu,
Die es nicht läßt an Trost und Hilfe fehlen.

Wilhelmine. Zu viel der Güte! Tief bin ich gerührt,
Wie Sie an meinem Schicksal Anteil nehmen.

Johanna von York (ihre Hand haltend). Die Tochter eines so ver=
dienten Mannes
Hat Anspruch auf den Anteil aller Freunde.
Wie schade, daß so bald Sie scheiden müssen!

Wilhelmine (mit einem Blick auf Luise von Seydlitz). Wer weiß, vielleicht
muß es noch heut' geschehn.

Luise von Seydlitz. Als Ihrem Haus wir eben zugeschritten,
Sprach uns ein Fremder ohne weitres an,
Der namens seines Herrn das Fräulein frug,
Ob sie Gelegenheit nach Memel suche,
Er biete Platz ihr an in seinem Wagen.
York (zu Wilhelmine). Sie ließen sich doch nicht dazu bereden?
Luise von Seydlitz. Wie ich ihr riet, verwies sie seinen Herrn
(zu ihrem Gatten)
Hierher an Dich.
York. Den führen Sie mir vor!
Seydlitz. Sogleich befehl' ich es der Ordonnanz.
(Er tritt zur Thür ins Vorzimmer und stößt auf Touche-Molin.)
Seydlitz. Wenn es gefällig, treten Sie hier ein. —
(Beide kommen näher.)
Touche-Molin (nach einer tiefen Verbeugung, während er auf Wilhelmine einen
Blick wirft). Jacques Touche-Molin, Konsul des Kaiserreichs,
Giebt sich die Ehre, Euer Exzellenz
Zu avisieren, daß er sich nach Memel
In eigner Chaise wird zurückbegeben,
Daher es ihm als seine Pflicht erschien,
Geleit und Schutz der Dame anzubieten.
York. Wer hat von ihrem Ziel Sie unterrichtet?
Touche-Molin. Mein Diener, dem es andre zugetragen.
York (ihn ernst anblickend). Die Dame kennt Sie nicht, noch Sie
das Fräulein.
Touche-Molin. Im fremden Land muß man auch Fremden trau'n.
York. Wir sind in Preußen hier, nicht in der Fremde,
Und Sie nur können sich als Fremder fühlen.
Touche-Molin (sich verabschiedend). Mißtraut man mir, weil ich
Franzose bin?
(Mit einem Blick auf Tiedemann.)
Es scheint, daß man hier Freund und Feind verwechselt.
(Er entfernt sich.)
Tiedemann. Ich sollte für die Frechheit ihn bezahlen!
York (ihn abwehrend). Sie kennen nicht die Arglist dieser Brut!
Johanna von York. In welche Hände wäre sie gefallen!
Luise von Seydlitz. Es war hier auf Entführung abgesehn!
Tiedemann (Wilhelminens Hände fassend). Du zitterst, Wilhelmine —
fürchte nichts!
York. Nur Mut, wir selbst geleiten sie nach Memel,
Das ohnehin mein nächstes Standquartier.

Seydlitz. Und solcher Schutz wird sich auch dort bewähren.

York (zu Tiedemann). Sie aber müssen gradwegs nach der Grenze,
Die Ihnen nur so lang noch offen steht,
Als nicht der Krieg erklärt. —

Tiedemann. Ich werde mich
Nach Eurer Exzellenz Gebot verhalten.

Johanna von York (zu beiden). Den Abend werden Sie doch hier
verbringen?

York (zu Tiedemann). Sie holen den Verzug durch Eile ein.

Luise von Seydlitz (zu Wilhelmine). Nun können Sie auch Ihre
Bitte wagen.

Wilhelmine. Ich fürchte fast, sie möchte mir nicht ziemen.

York. Sie ist gewährt im voraus, steht's bei mir.
(Er setzt sich zu den andern.)

Wilhelmine. Als wir die Mark auf unsrer Fahrt durcheilten,
Sah'n wir am Wege einen Burschen liegen,
In eines ausgedienten Kriegers Rock,
Von Müdigkeit erschöpft und eingeschlummert.
Wir hielten an und rüttelten ihn auf,
Um ihn nach seiner Herkunft zu befragen:
Er sei in Potsdam, wo in Garnison
Sein Vater stand, zur Welt gekommen, dann
Zur Schule dort gegangen und dem Bruder,
Als beide Eltern nacheinander starben,
Mit kleiner Barschaft nach Berlin gefolgt.
Dort hab' der Bruder sich, dem die Bedrückung
Des Vaterlandes tief zu Herzen ging,
Bei Schill zum Eintritt in sein Corps gemeldet,
Mit dem der Brave bald nachher auch auszog
Und Stralsund, hart vom Feind bedrängt, erreichte.
Sie bildeten nur noch ein schwaches Häuflein,
Als ihnen, die beinahe schon umzingelt,
Der Feind Pardon aus vollem Halse bot.
Doch kaum, daß sie die Wehr von sich gestreckt,
Erlagen sie der feindlichen Bedrängnis —
Da fiel der Bruder auch, und ihn, den Teuren,
Zu rächen, habe heilig er geschworen.
Drum wolle sich nach Königsberg er wenden,
Um in das Corps, das York dort kommandiere,
Als Füsilier freiwillig einzutreten.

York. Das freut mich von dem Brandenburger Jungen!
Wilhelmine. Ich drang in ihn, sich lieber zu gedulden,
    Bis sich geklärt die Lage, doch umsonst.
Tiedemann. Wir setzten ihn zum Lenker des Gefährtes,
    Und so gelangte er mit uns hierher.
York. Nun denn, ansehen kann ich mir ihn schon.
Seydlitz. Sogleich befehl' ich, ihn herbeizuholen.
    (Seydlitz entfernt sich.)
Wilhelmine. Major von Bork nahm flugs sich seiner an
    Und stellte ihn am selben Abend noch
    In eines älteren Sergeanten Hut.
York. Das ist der Glenke, dessen Frau ihm kocht.
Seydlitz *(zurückgekehrt).* Major von Bork beschied ich gleichfalls her.
York *(sich erhebend).* Doch nun entschuldigt mich! Es ruft der Dienst.
    (Er tritt mit Seydlitz zum Arbeitstisch.)
Johanna von York *(zu Tiedemann).* Sie sehen, Herr Major, wie
                         hier wir hausen.
    Doch sah'n wir unter uns den guten König
    Mit Königin Luise besser wohnen?
    Wir sind in Preußen alle arm geworden.
    (Sie setzt mit beiden das Gespräch fort.)
York *(der den Einlauf durchflogen).* Was ist es mit Obrist von Hünnerbein?
Seydlitz. Er meldet aus Olitza kurzerhand,
    Daß einzurücken ihm befohlen sei,
    Da seine zwei Husarenregimenter
    Zur Reiterei des Königs Murat stoßen.
York. Nach der mir zugegang'nen Instruktion
    Soll unser Hilfscorps ungetrennt verbleiben,
    Und der Befehl ist demnach widerrechtlich.
    Drum werd' ich allsogleich auch remonstrieren,
    Wie ich es Pillau s wegen schon gethan,
    Das wir allein vertragsgemäß besetzen.
    Napoleon soll es nur hören auch!
    Ich werde als Protest die Bitte fassen
    Und teile dies bei der Parole mit.
Seydlitz. Einstweilen werd' ich alle vorbereiten.
    (Seydlitz ab. York beschäftigt sich mit der Niederschrift.)
Johanna von York. So sind Sie von der Schwester schon erwartet?
Wilhelmine. Zu Ostern tauschten wir die letzten Briefe,
    Die Reise aber blieb bis jetzt verschoben.

Johanna von York. Was bringt die Zeit des Krieges nicht mit sich!
In Mittenwalde lebten wir verwaist:
Die Schlacht bei Jena war schon lang' geschlagen,
Zertrümmert auf dem Rückzug die Armee.
Ich selber schwebt' in Angst, ob York noch lebe.
Da, eines Tags erschien er unversehens,
Von Wunden und den harten Kriegsbeschwerden
So abgezehrt, daß ich und meine Kinder
Bei seinem Eintritt nimmer ihn erkannten.
Doch sein Kanarienvogel, den er stets
Selbst fütterte, flog auf vor heller Freude,
Und — wunderbar — im ungestümsten Flattern
Ließ plötzlich er die kleinen Flügel sinken —
Der jähe Jubel hatte ihn getötet.

(York tritt, von Glenke und August Trabert gefolgt, auf. Die Sitzenden erheben sich und begrüßen den Major. York schließt das Schreiben und erhebt sich.)

York. Da sind Sie — schön, daß Sie den Jungen bringen!

York (mit einem Blick auf Wilhelmine). Der solchen holden Schutzgeist fand mit Recht!

York. Es ist Dein Wunsch, hör' ich, Soldat zu werden?

August Trabert. Ja, wenn ich bitten dürfte, Exzellenz.

York. Wie alt bist Du?

August Trabert. Ich zähle achtzehn Jahre.

York. Die hätt' ich Dir fürwahr nicht zugesprochen,
Traut' ich mich auch Dein Alter nicht zu schätzen.
Was aber trieb Dich an zu dem Entschluß?

August Trabert. Ich möchte mitziehn gegen die Franzosen!

York. Doch weißt Du, daß wir jetzt mit ihnen gehn.

August Trabert. Wie lange währt's, so stehn wir gegen sie?

York (mit dem Finger drohend). Zur Vorsicht rat' ich ernstlich Dir,
mein Sohn!

(Er schlägt ihm auf die Schulter.)

Man merkt, in Dir fließt auch Soldatenblut.

August Trabert. Mein Vater diente noch dem alten Fritz
Und focht in allen seinen Schlachten mit.

York. Von ihm hast also Du den Mut geerbt —
Wie willst Du aber die Muskete führen?
Ein Musketier braucht volle Manneskräfte.

(Zu York.)

So müßten wir ihn denn zum Tambour machen.

York. Das war auch mein Gedanke, Exzellenz.
York (zum Sergeanten). Was meint wohl Er, Sergeant?
Glenke.   Ich sag', es stimmt.
York. Er machte, scheint's, die Probe schon?
Glenke.   Es stimmt,
Den Wirbel schlägt er wie ein Ausgelernter.
York. Wie steht's mit den Papieren, Herr Major?
York. Da hapert es nun freilich sehr damit;
Nicht einmal einen Taufschein führt er mit.
York. So müssen wir denn auf das Wort ihm glauben.
Sergeant!
Glenke. Befehlen, Exzellenz!
York.   Er meldet
Dem Kapitän, daß in der Compagnie
Er überzählig eintritt.
Glenke.   Zu Befehl.
York. Du wirst Dir, hoff' ich, volles Lob verdienen.
August Trabert. Ich danke, Exzellenz — auch Ihnen, Fräulein.
(Glenke entfernt sich mit August Trabert auf einen Wink Yorks.)
Wilhelmine. Wie freu' ich mich, daß er so wohl gefiel!
York. Gewiß. Ich nehme gern mich seiner an.
(Zu seiner Gemahlin.)
Wir seh'n nach dem Rapport vor Tisch uns wieder.
(Sie begiebt sich mit Wilhelmine und Tiedemann in das Nebenzimmer.)
York. So jung und ohne Ausweis! Ist's nicht doch
Bedenklich, Herr Major, den Burschen so
Schlankweg in unsre Reihen einzustellen?
York. War nicht sein Wunsch schon halbe Heldenthat?
York. Ganz recht! Wie anders stünd' es doch um uns,
Wenn alle wie der wack're Junge fühlten.
Wir hätten die Bedrücker nicht im Lande!
(Die Generale Kleist und Massenbach, Obrist von Röder und andere
Stabsoffiziere treten, von Seydlitz geführt, ein und bilden, nachdem sie sich vor
York verbeugt, um ihn einen Halbkreis, in den auch York tritt. Seydlitz postiert
sich neben York.)
York. Ihr Herren, guten Morgen! Die Parole
Heißt Fehrbellin und Friedrich.
Alle Offiziere.   Fehrbellin
Und Friedrich.
York.   Nun wohlan, zur Petition,
Von der bereits Sie alle Kenntnis haben.

Kleist. Wir sind genau vom Inhalt unterrichtet.

York. So will ich kurz es nur erläutern noch.

(Er läßt durch Seydlitz das Schreiben herumgeben.)

Vertragsgemäß bleibt unser Corps beisammen,
Wie seine Stärke auch genau bestimmt,
Und das darf sich nicht ändern, soll das Bündnis,
Das Preußen schloß als unabhäng'ge Macht,
Uns nicht zu blinder Unterwerfung führen.

Alle (außer Obrist von Röder). So ist's fürwahr! Kein Zweifel
kann da walten!

York (zu Röder). Herr Obrist, als der Chef des Generalstabs,
Sind Sie befugt zu offener Kritik!

Röder (nachdem er noch das Schreiben überflogen). So frag' ich, mit
Verlaub, wie wollen wir
Uns als geschloss'nes Kontingent behaupten,
Die wir als Division dem zehnten Corps
Verbündeter Armee sind einverleibt?

York. Um so bedenklicher wär' die Zerstücklung!

Alle übrigen (außer Röder). So ist es!

Kleist. Wir verteid'gen unser Anseh'n
Und damit auch die Würde unsres Königs!

Massenbach. Der über seine Truppen Macht behält,
Auch wenn wir fremder Führung unterworfen!

York. Wer sollt' es thun, wenn wir nicht selbst uns rühren
Und zeigen, daß wir Waffenbrüder sind?

Seydlitz. Die unzertrennlich fest zusammenhalten.

Alle (außer Röder). Das wollen wir. Das Corps bleibt un-
zerstückt!

Röder. Nun ja, der Wunsch, er ist der meine auch.

York. Ich habe ganz in diesem Sinn berichtet.
Die Folgen meines Schrittes trag' ich selbst:
Die Pflicht zwingt in so ernster Lage mich,
Den Vorteil meines Königs wahrzunehmen
Und nichts der eignen Ehre zu vergeben.

(Czarnowski tritt in Mantel und mit der Husaren-Säbeltasche auf. Alle blicken
nach ihm.)

Seydlitz (zu York). Der Obrist von Czarnowski.

York. Ich erstaune —
Wer hat Sie der Vorpostenhut enthoben?

Czarnowski (salutierend). Vom Dienst dort meld' ich mich ge=
horsamst ab,
Nach König Murats Hauptquartier berufen,
Allda mein Regiment zu übernehmen.
York. Das, angeschlossen Murats Reiterheer,
Uns mit dem andern dort verloren ginge!
Czarnowski. Das fürcht' auch ich — mein armes Regiment!
York. Da Ihnen hier ein wicht'ger Dienst vertraut,
So werd' ich in Gemäßheit der Verwahrung,
Die ich an Macdonald hier aufgesetzt,
Ihr weiteres Verbleiben auf mich nehmen.
Czarnowski. So dankbar ich auch Eurer Exzellenz
Für die besondere Vergünstigung,
So bitt' ich dennoch von ihr abzustehn
Und mich zu meinem Regiment zu weisen.
Da ich an ihm mit ganzem Herzen hänge,
So will ich auch sein Schicksal mit ihm teilen!
York (ihm die Hand reichend). Sie haben recht, ich bill'ge Ihre Wahl.
So scheiden Sie, Herr Kamerad, mit Gott!
Er führe Sie mit Ihrem Regiment
Uns bald zurück. Wenn nicht, so wissen Sie,
Daß unser Herz auch fern noch Ihnen schlägt.
Was aber sagt in Ihrem Blick die Trauer?
Czarnowski. Sie werden, Exzellenz, den Grund belächeln,
Doch wär' es schwach von mir, ihn zu verhehlen.
Ein Traum, den ich vergangne Nacht gehabt,
Verließ mich auf dem Ritte nicht hierher,
Und lastet jetzt noch schwer mir auf der Seele.
York. So lassen Sie uns diesen Traum vernehmen!
(Yorks Gemahlin öffnet die Thür im Hintergrund, gefolgt von Sophie von Seydlitz,
Wilhelmine und Tiedemann, sowie von ihren drei Kindern, zwei Knaben und einem
Mädchen; während der noch folgenden Rede Czarnowskis nähert sie sich mit den
andern leise der ihr nahestehenden Hauptgruppe, von den Offizieren ehrerbietig
gegrüßt.)
Czarnowski. Ich stand im Feld mit meinem Regimente,
Den Schein der Abendsonne hinter uns,
Vor einer unermeßlich großen Stadt,
Die überragt war von bekreuzten Türmen
Und ringsum übersä't von goldnen Kuppeln.
Da plötzlich stiegen Flammen in ihr auf
Und schlugen zu gewalt'gem Brand zusammen,

Der, fortgetragen von des Windes Macht,
Sich über ihr zu Einer Glut vereinte,
Die, wachsend, immer weiter um sich griff,
Sodaß bald Asche rings ihr Haupt bedeckte.
Nun aber wandelte dies Bild sich um —
Auf unabsehbar weiter Steppe war's:
Wir lagen da auf schneebedeckter Erde,
Den sternenlosen Himmel über uns,
Und sachten, in die Mäntel eingehüllt,
Die halberloschnen Feuer frierend an,
Dran fremde Hände sich vor uns erwärmt —
Von Pferdeleibern und zerstreuten Waffen,
In grauser Näh' von Leichen rings umstarrt,
Von daher auch die letzten matten Laute
Der Sterbenden zu unserm Ohre schwebten.
Da faßte mich Entsetzen — ich erwachte.

(Es herrscht allgemeine Stille. Yorks Gemahlin ist an dessen Seite getreten.)

York (zu seiner Gemahlin). Was sagst Du, liebes Herz, zu diesem
Traume?

Johanna von York. Erschüttert hörten wir ihn alle an.

Wilhelmine (an Tiedemanns Arm sich schmiegend). Oh, wenn es Dir so
schrecklich dort erginge!

Tiedemann. Wie sollte dies Geschick nur denkbar sein?

Johanna von York. Undenkbar, Herr Major? Wer ward im
Kriege
Des Schreckens letzte Grenze je gewahr?

Tiedemann (vortretend, zu allen). Im Geist Napoleons steht fest
der Vorsatz,
Mit raschem Wetterschlag den Krieg zu enden,
Den zuversichtlich, tollkühn er beginnt,
Des Erdteils Herr durch seinen Sieg zu werden.

(Wilhelmine anblickend.)

Wir sahn das ungeheure Völkerheer,
Das sich durch Preußen wälzt der Grenze zu,
An Zahl mit jedem Tage noch verstärkt
Durch den Tribut an aufgebot'nen Streitern,
Den als Vasallen ihm die Kön'ge leisten:
Vor Winter muß noch die Entscheidung fallen,
Ob ihm der Sieg, ob uns er zugeteilt. —
Dies scheint mir schon den Traum zu widerlegen.

Czarnowski (ihm die Hand reichend). Ich wünsche sehnlich, daß Sie
           recht behalten!

Tiedemann. Dann werden wir uns wohl auch wiedersehn,
 Sind wir getrennt im Kampfe nicht gefallen.

      (Wilhelmine zuckt zusammen.)

Johanna von York. Davor Sie beide Gott bewahren möge!

York (zu beiden). Die Zukunft werden niemals wir durchdringen,
 Doch lassen sich auf diese Schlüsse ziehn.
 Wie des Grob'rers Plan, den niemand kennt,
 Als er allein, daher auch sei beschaffen,
 Die Kühnheit, die sein Handeln offenbart,
 Sie streift diesmal bis an's Vermeff'ne hin.
 Von seinem Glück erscheint er wie geblendet,
 Weil er an seinen Stern zu sicher glaubt:
 Das Schicksal fordert er so selbst heraus.
 Auf Proviant, Depots und Magazine
 Wär' sonst weit mehr sein Augenmerk gerichtet.
 Er kennt das Scythien nicht, das er betritt!
 Doch wie auch dieser Krieg sich mag gestalten,
 An dem in Kurland wir zunächst beteiligt,
 In allen Kämpfen werden wir gemeinsam
 Der Preußen alten Schlachtenruhm bewähren
 Und neuen Sieg an unsre Fahnen knüpfen!
 Dann kommt die Zeit auch wohl heran uns wieder,
 Da wir sie vor dem wahren Feind entfalten,
 Ihn wegzuziegen von der deutschen Erde
 Und aufzurichten neu das Vaterland!

Alle. Gott gebe, daß sich bald dies Wort erfülle!

      Der Vorhang fällt.

    Ende des ersten Aktes.

Zweiter Akt.

Erste Scene.

(Kurze Dekoration. Zu Memel. Ein Gartenhaus mit anstoßendem Wohnhause und dem Seitenausblick auf einen Teil des Hafens. Friederike Holmer und Wilhelmine sitzen an einem Tisch, mit Handarbeiten beschäftigt.)

Wilhelmine. In welcher Sorge leb' ich, teure Schwester!
Schon über einen Monat weil' ich hier,
Und noch fehlt jede Kunde mir von ihm.
O, könnten meine Blicke dahin dringen,
Wo jetzt er lagert auf der fremden Erde!
Doch ist er auch zur Stunde wohlbehalten,
Kann ihn nicht morgen oder heute selbst
Mir eine Kugel mörderisch entreißen?
Friederike. Dein ängstlich Herz sieht größer die Gefahr!
Nicht nur ein kurzer Mond, ein ganzes Leben
Fließt mir in Ungewißheit. Selten, ach!
Erfreu' ich mich des Gatten, der als Reeder
Im Meere steuert, von Gefahr umringt
Im Frieden schon, um wie viel mehr im Kriege.
Wilhelmine. Wohl fühl' ich, daß ich mit dem Schicksal rechte,
Fand ich in der Bedrängnis doch den Schützer
Im treubesorgten General von York,
Der mich aus seiner güt'gen Gattin Armen
Mit seinem Seydlitz hat zu Dir gebracht,
Wo ich weit mehr als Zuflucht nur gefunden!

Greif, General York.   2

Friederike. Und ich genieße dieses Schutzes mit,
Der uns, so lang in Memel York befehligt,
Vor allem Ungemach des Krieges sichert.
Drum möcht' ich oft, wenn er, nach dir zu schaun,
Hier bei uns eintritt, ihm zu Füßen fallen
Und ihm bewegt bekennen meinen Dank!
(August Trabert mit einem Blumenstrauß wird am Gartenthor sichtbar.)
Steht dort am Thor der junge Kriegsmann nicht,
Von dem Du mir erzählt?

Wilhelmine.   Fürwahr, er ist's!
Ich will ihn rufen.

Friederike.   Sieh', er naht sich schon.

Wilhelmine (tritt ihm entgegen und reicht ihm die Hand). Nur keine Scheu!
Sind wir uns denn so fremd?
Auch meine Schwester kennt Sie längst durch mich.
(Friederike begrüßt ihn ebenfalls.)

Friederike. Ich freue mich, Sie endlich zu erblicken!

Wilhelmine. Erst jüngst zog er vorbei an meinem Fenster,
Der Compagnie voraus, im Glied der Trommler.
Da warf er einen Blick zu mir herauf.
Nun, ist's nicht so?

August Trabert.   Ich nahm die Freiheit mir.
(Er reicht ihr den Blumenstrauß.)

Wilhelmine. Wo pflückten Sie die prächt'gen Blumen doch?

August Trabert. Ich durfte sie mir nach Gefallen wählen
Im Garten des Quartierherrn.

Wilhelmine.   Schön, ich danke.
(Zu Friederike.)
Sieh', wie so zierlich er den Strauß gebunden.

Friederike. Für rauhe Kriegerhände wunderbar!
Wir wollen ihn sogleich ins Wasser stellen;
Dann richt' ich einen kleinen Imbiß her.
(Sie begiebt sich in das Haus.)

Wilhelmine. So nehmen Sie doch Platz!

August Trabert.   Zu viel der Güte!

Wilhelmine. Nun, wie ertragen Sie die Müh'n des Dienstes?

August Trabert. Im ganzen gut. Den strengen Märschen nur
Fühl' ich zuweilen mich nicht ganz gewachsen.

Wilhelmine. Fällt Ihnen nicht das Kantonieren schwer?

August Trabert. Im Corps herrscht stramme Zucht, kein locker Leben,
Auch böses Fluchen hab' ich nie gehört.
Wie schon in Königsberg, so leb' ich hier
Bei Sergeant Glenke froh und wohlbehütet.
Mit andern pfleg' ich keinen Umgang sonst;
Es giebt genug zu thun in unsrer Wirtschaft,
Denn Glenkes Frau sorgt auch für Major Bork.

(Der Diener Touche=Molins, Iwan Beer, taucht vor dem Gartengitter heimlich
auf und verständigt sich durch Gesten mit einem noch fern Stehenden, worauf er
wieder entschwindet.)

Sie bügelt, wäscht und kocht, kauft für ihn ein.
Da geh' ich ihr, wenn's sein kann, an die Hand,
Und nebenbei helf' ich die Kinder warten.

Wilhelmine. Doch dazu braucht's sehr viel Geduld und Liebe.

August Trabert. In kurzer Zeit gewann ich schon sie lieb —
Was muß erst einer Mutter Herz empfinden!

Wilhelmine. Wie, ahnen Sie dies heilige Gefühl!
Das doch dem Weibe nur gegeben.

August Trabert. Ja,
Dürft' ich nur sagen, Fräulein, was ich fühle!

(Touche=Molin erscheint im Hintergrund.)

Wilhelmine. Komm einmal zu mir her, mein junger Freund,
Und schau mir in die Augen fest und klar!
Du kannst es nicht! — Was fürchtest Du von mir?
Ich will dir's sagen, aber insgeheim,
Was ich mir denke — nenn' mir Deinen Namen!

August Trabert. Ich heiße —

Wilhelmine. Nun denn?

August Trabert. August.

Wilhelmine. Au—gust?

August Trabert. Trabert.

Wilhelmine. Ich spreche Dir es nach, hör': August Trabert;
Doch noch ein Laut scheint mir darin zu fehlen,
Nichts als ein e, — Auguste ist Dein Name:
Du bist kein Mann, gesteh' es offen mir!

(August Trabert sinkt vor ihr nieder. Touche=Molin nähert sich ungesehen dem
Gartenthor.)

August Trabert. Verzeihung! Doch wie wollt' den Schwur
ich halten,
Den Tod des Bruders vor dem Feind zu rächen,
Wenn ich die Furcht in mir nicht überwand?

2*

Wilhelmine (ihre Hand erfassend). Ich hab' es lang geahnt und
                                      eine Schickung
Darin erkannt. Drum sei nur unbesorgt:
Es wird Dir das Geheimnis wohl bewahrt.
                    (August Trabert küßt ihre Hand.)
Besuche mich hier öfters, ja, so oft
Es Dich im Herzen treibt, zu mir zu kommen!
(Touche=Molin räuspert sich. Wilhelmine fährt empor, August Trabert erfaßt die
abgelegte Mütze und enteilt, nachdem er den Konsul mit einem Blick gemessen.)

Touche-Molin. Bon jour, Mademoiselle! Stör' ich vielleicht?

Wilhelmine. Was suchen Sie bei mir?

Touche-Molin.   Was jener fand,
Der so charmant Sie eben embrassiert.

Wilhelmine (zurückweichend). Es ist ein Landsmann —

Touche-Molin.   Ein famoser Landsmann!
Ja, ja, ein flotter und galanter Garçon!
Doch leichtlich schadet solch Attachement
Dem Renommee so einer jungen Dame.

Wilhelmine. Sie haben nichts mit meinem Ruf zu schaffen!

Touche-Molin (mit Nachdruck). Doch wohl der Offizier in russ'schen
                                                         Diensten,
Von dem Sie diesen Ring am Finger tragen —
                  (Im spottenden Ton.)
Und auch vielleicht der General von York.
              (Friederike kommt aus dem Hause eilig wieder hervor.)

Wilhelmine. Hör' nur, wie schnöd' ich überfallen werde.

Friederike. Wie können Sie es wagen, einzudringen
In dieses Haus?
            (Zu Wilhelmine, sie verwundert anblickend.)
                      Ist der Besuch schon fort?

Touche-Molin. Der Tambour hat sich feige retiriert.

Friederike. Ich frug die Schwester und nicht Sie darum!
                  (Seydlitz tritt vom Thor herauf.)
O, Herr Major, wie gut, daß Sie erscheinen!

Seydlitz (mit einem drohenden Blick auf den Konsul). Ich hörte schon, daß
                                              man Sie hier bedrängt.

Friederike. Sie scheint mir auf das Gröblichste beschimpft!
                  (Wilhelmine weint.)

Seydlitz (zum Konsul). Wie konnten Sie sich dessen unterstehn?

Touche-Molin. O, wären Sie nur selbst dazu gekommen,
Sie hätten contre cœur auch mit gelacht!
Ein Tambour, eine Dame adorierend,
Wer müßte sich darüber nicht mokieren?
Seydlitz. Ich rate Ihnen, Ihren Spott zu lassen,
Sonst lehr' ich Anstand Sie mit dieser Klinge!
Touche-Molin. Für wen sehn Sie mich an?
Seydlitz. Für einen Stutzer,
Auf den man in der Stadt mit Fingern deutet.
Touche-Molin. Und glauben Sie, es sei mir nicht bekannt,
In welcher Absicht dies charmante Fräulein
Mit Ihrem Korps nach Memel ist gezogen,
Als Protegierte ihres neuen Gönners?
(Abgehend.)
Sie nehme sich in acht, wie auch der Tambour!
Seydlitz. Einschüchtern möcht' er Sie; doch keine Furcht!
Auch meine Meldung darf Sie nicht erschrecken!
Ich bringe Abschiedsgrüße mit von York,
Der, eh' er noch nach Mitau aufgebrochen,
Von Marschall Macdonald dahin beordert,
Mit Ihrem Schutz Major von Bork betraute.
Friederike (ihm die Hand reichend). Wir wissen sicher uns in solcher Hut
Und schließen uns vertrauensvoll ihm an.
Der jähe Abschied macht das Herz ihr schwer
Und läßt zum Danke sie das Wort nicht finden.
Wilhelmine. Nicht reichten Worte aus, ihn zu beteuern;
Doch werd' ich hier noch länger weilen können?
Seydlitz (ihre Hand fassend). Es ist für Ihren vollen Schutz gesorgt,
Sie mögen ganz und gar beruhigt sein!
(Er entfernt sich unter den Grüßen beider.)
Friederike. Doch nun erkläre mir, wie so es kam,
Daß der Verwegene allein Dich traf?
Wilhelmine. Nur Dir kann ich's vertraun. Du warst im Hause,
Wir sprachen noch zur Kurzweil dies und das,
Wie's ihm ergehe und im Dienst gefalle;
Auch Glenkes ward gedacht, der ihn behütet.
Doch da verriet er sich und machte mir
Ein seltsames Geständnis. Denke Dir,
Es ist ein Mädchen!
Friederike. Gott, das arme Kind!

Wilhelmine. Indem kam dieser Lästerer dazu,
Und, wie ein Reh verscheucht, entfloh das Mädchen.
Friederike. In welches Wirrsal sind wir hier geraten!
Der Feind im Land, der Gatte fern — ein Meer
Von Widerwärtigkeiten stürmt heran;
Ein falscher Schein genügt, uns zu verderben,
Denn tausend Wege kennt die Rachbegier,
Ein schuldlos Leben tückisch hinzuopfern —
(Wilhelmine umfassend.)
O, wüßt' ich Dich in Sicherheit geborgen!
(Indem beide sich in das Haus begeben, fällt der Zwischenvorhang.)
(Verwandlung.)

Zweite Scene.

(Ein Saal im Schloß zu Peterhof bei Mitau, dem Hauptquartier des
französischen Armeekorps. Auf der mittleren Bühne wird die Marschallstafel ge=
deckt, die Bilder russischer Zare hängen an den Wänden umher. Die Aufwärter
sind französische Bediente und Soldaten. Bergier tritt mit Terrier und
Iwan Beer ein.)

Bergier. Herr Adjutant, ich nehme Sie zum Zeugen!
Sie hörten, was da der verläss'ge Diener
Des Konsul Touche=Molin hat vorgebracht.
Terrier. Gewiß, der Marschall muß davon erfahren!
Bergier. Sie haben recht, ich bin's als Jugendfreund
Ihm schuldig schon, und so ersuch' ich Sie,
In Umlauf an der Tafel die Geschichte
Zu setzen.
Terrier. Soll zur rechten Zeit geschehn!
Doch jetzt ruft mich die Pflicht, Herr Intendant. (Ab.)
Bergier (zu Iwan Beer gewendet). Dein guter Herr, der kaiserliche
Konsul,
Ist der Pariserinnen sehr entwöhnt,
Sonst wär' er nicht an solch ein blöd Geschöpf
Da aus dem kalten Norden blind geraten!
Iwan Beer. Das hat mich auch in Königsberg verwundert,
Wo er mich schon um sie ins Feuer schickte.
Bergier. Doch Deine Meldung schrot' ich gern ihm aus,
Und mit dem Korn wird er zufrieden sein.
Iwan Beer (dreist). Wir machen ohnehin in Mehl und Kleie!

Bergier. York ist ein Schnüffler, der die Nase steckt
In alle Rechnungen und Kontolisten,
Den laß ich mir nicht auf den Nacken kommen!
Iwan Beer. Das kann ich Euer Gnaden nicht verdenken.
Er riecht in jedes Magazin und zählt
Menageschüsseln ab und Futterbeutel.
Bergier. Das Schnüffeln hoff' ich bald ihm zu vertreiben.
Das melde Deinem Herrn! — Nichts Neues sonst?
Iwan Beer. Ich streifte neulich ein paar Nächte wieder,
Um russisches Getreide aufzubringen,
Und da es mit dem Schmuggeln mir geglückt,
So meint' ich, und der Konsul giebt mir recht,
Daß Sie das Brot dem Corps berechnen sollen,
So hoch wie immer, weil kein Nachweis möglich.
Bergier. Du kennst Dich aus, das hab' ich längst gemerkt.
(Ihm auf die Schulter klopfend.)
Auch D i r soll Dein Profitchen nicht entgehn!
Doch fort nun, daß der Marschall Dich nicht sieht.
(Iwan Beer entfernt sich eilend.)
Der Weizen blüht —
(Er reibt sich die Hände.)
Er naht, wenn recht ich höre.
(Gegen die Tafel zurücktretend, mit lauter Stimme.)
Der Herzog nimmt zum Nachtisch gern Melonen,
Und daß ihr den Tokaher nicht vergeßt!
(Aus der sich aufthuenden Flügelthür tritt Marschall M a c d o n a l d, von den
Generalen G r a n d j e a n und C a m p r e d o n sowie anderen höheren Offizieren
gefolgt, ein. Bergier eilt zu dem Marschall.)
Macdonald. Du warst auf einmal meinem Blick entschwunden!
Bergier. Ich eilte nur voraus, hier nachzuseh'n.
Macdonald. Wie immer ruhelos in Deinem Eifer!
(T e r r i e r tritt von außen ein und salutierend zum Marschall. Von unten ver-
nimmt man Trommelschlag und Kommandorufe.)
Terrier. Der General von York ist einpassiert.
Macdonald. Ich lasse sehr ihn um die Ehre bitten,
Sich als gelad'nen Gast hier zu betrachten.
(Terrier ab.)
Der General von York wird künftighin
Mit uns in engerer Berührung stehn.
So bringen wir ihm den Respekt entgegen,

Auf den sein hoher Rang ihm Anspruch giebt,
Wie seine anerkannte Tapferkeit.
Auch wollen wir bedachtsam alles meiden,
Was die Erinn'rung ihm erwecken kann
An jene Zeit, da seines Königs Heer
Erliegen mußte unsrer Übermacht,
Ein Schmerz, den heut sein Stolz noch nicht verwunden.

(Er spricht mit Vergier. Die beiden Generale unterhalten sich zusammen.)

Campredon (halblaut). Das Monitorium hat mir gegolten!

Grandjean (ebenso). Den Herzog von Tarent langweilt der
                                        Krieg,
Drum sollte alles glatt und ruhig gehn.
Er gäbe sich daheim mit seinen Pächtern
Und Bauern lieber ab als hier mit uns.

(York, von Terrier geleitet, tritt, von Röder und Seydlitz gefolgt, ein.
Macdonald schreitet ihm mit dem gesamten Gefolge entgegen.)

York (nach einer Verbeugung). Ich melde mich bei Eurer Exzellenz
Infolge des Befehls gehorsam an.

Macdonald (ihm die Hand reichend). Wie geht's bei Memel? Längst
                                         schon hatt' ich vor,
Dort unsre Nachhut zu besicht'gen,
Doch hielten die Bewegungen des Feindes,
Die längs des Laufs der Düna uns beschäftigt,
Auf unserm andern Flügel mich zurück.

York. Die Linienkette unsrer Posten zieht
Von dort sich über Libau gegen Riga.

Macdonald. Es that mir leid, daß die Verhältnisse
Entfernt Sie hielten von der Aktion,
Die Ihrem Corps bei Eckau war gegönnt,
Doch jene günstige Gelegenheit,
Uns Ihr Talent in vollem Licht zu zeigen,
Erscheint nun endlich: General von Grawert
Fühlt sich zu schwach in seinem hohen Alter,
Selbst das Kommando länger fortzuführen,
Weshalb er das Gesuch an mich gestellt,
Es Eurer Exzellenz zu übertragen.

(Er übergiebt York einen ihm von Terrier zuvor eingehändigten Befehl.)

York. Ich werde meine Pflicht thun als Soldat
Und immer streng nach dieser nur verfahren.

Macdonald. Des bin ich sicher, wie Sie selbst bei mir
Allzeit Entgegenkommen finden werden.

(Sehblitz und Röder begrüßend.)

Ich heiße Sie willkommen ebenfalls.

(Sie begeben sich zur Tafel, an der York neben Macdonald Platz nimmt. Die
preußischen Offiziere reihen sich an jenen, wie die französischen an diesen. Camprebon
und Bergier sitzen zwischen Grandjean und Terrier. Das Mahl beginnt, kurze
Tafelmusik, die das Lied: „Partant pour la Syrie" anstimmt, leitet es ein.)

Macdonald (zu York). Ich pflege gern mit meinem Stab zu
speisen

Und andre Offiziere beizuziehen.
Der Geist der Kameradschaft wird gestärkt
Und so das Band noch inniger geknüpft,
Das Pflicht und Ehre hält um uns geschlungen.
Drum hoff' ich auch, daß Sie und alle Herren
Von Ihrem Corps, die jeweils uns besuchen,
Gern wiederkehren in mein Hauptquartier.

York. Wir werden es uns stets zur Ehre rechnen.

Macdonald. Auf unsre junge Waffenbrüderschaft,
Zu der uns das Geschick vereinigt hat —

(Sie stoßen beide an.)

Nun will ich aber auch das Neuste melden.

(Er entnimmt einer vor ihm liegenden Mappe ein offenes Schreiben und einen ver-
schloffenen Brief.)

Ein Tagsbefehl, der vorhin eingetroffen,
Giebt kurzen, aber glänzenden Bericht
Von zwei sehr blutigen, doch vollen Siegen
Der Unsrigen, erkämpft zu gleicher Zeit
Vor Smolensk und Polozk. Der Kaiser setzt
Von jenem Platz den Marsch nach Moskau fort
Und folgt dem flieh'nden Feind dicht auf dem Fuße.

(Freudige Bewegung unter den französischen Offizieren; zu Terrier).

Es wird zweimaliger Salut geschossen!

(Terrier verläßt den Saal.)

Macdonald (zu York). Auch darauf wollen wir das Glas erheben!

(York stößt leise mit ihm an, ohne das Glas an den Mund zu bringen.)

Macdonald. Ein Brief lag auch an Sie mit eingeschlossen,
Den Ihnen aus dem Feld ein Landsmann sandte.

(Er händigt York den Brief ein.)

York. Czarnowski, ich erkenne seine Schrift.
Hier Seydlitz, Sie sind schneller damit fertig.

Grandjean (zu Campredon). Hast Du gehört? Das ist derselbe
Oberst,
Den sie samt den Schwadronen reklamiert.

York (zu Seydlitz). Nun denn, was hatte uns der Freund zu
melden?

Seydlitz (nach kurzer Pause). Er schildert seines Regimentes Zustand
Als ernst; es fehlt an Proviant und Futter,
Doch habe sich's dabei durch sein Verhalten
Des Oberfeldherrn volles Lob errungen.

York. Die Nachricht lautet leider wenig gut —,

(Zu Macdonald.)

Ich wollte uns das Regiment erhalten.

Macdonald. Es lag in meiner Macht nicht, es zu ändern.
Der Kaiser sprach sich über das Begehren
Aufs höchste ungehalten gegen mich
Zu Königsberg an offner Tafel aus.

York. Ihm war wohl der Vertrag nicht gegenwärtig,
An den er selbst so gut wie wir gebunden.

Macdonald. Das würden ins Gesicht Sie ihm nicht sagen!

York. Ich thät' es unverhohlen, säß' er hier!

Macdonald. Sie kennen nicht die Flammen dieses Auges,
Das eine Welt durch seinen Blick beherrscht!

York. Mehr als ein Leben kann man nicht verlieren!
Drum ihre Grenzen hat auch solche Allmacht.

Macdonald. Die Zeit wird kommen, die sie offenbart,
Doch damit rechnen, hieße Wahnsinn üben!

York. Mein König weiß, daß ich besonnen bin
Und dienstbereit die schwerste Pflicht erfülle.

Macdonald (ihm die Hand reichend). Und das stellt uns auf trauten
Fuß zusammen!

York. Sie sollen Preußens Söhne kennen lernen!

Campredon (zu York). Sie thun, als hätten Sie gesiegt bei Jena!

Grandjean. Der Stärkre ist's, der in der Welt gebietet!

(Terrier kommt zurück und nimmt an der Tafel neben Grandjean Platz.)

Campredon (zu York gewendet). Als ich zu Memel auf Befehl des
Kaisers
Den Wagenpark mit Mühe angelegt,
Fand ich nur Widerstand auf Ihrer Seite:

Sie blieben Material, wie Vorspann schuldig.
Ich schickte, bat und drohte, doch umsonst!
Röder. Weil man uns nie etwas zurückerstattet.
Bergier. Als Intendant hatt' ich dieselbe Not:
Was zur Verpflegung wir der Truppen haben
Vertragsgemäß von Ihrem Land zu fordern,
Ward uns verkürzt und vieles ganz verweigert.
York. Weil es für unsre Kräfte unerschwinglich!
Röder. Das Land ist ausgesaugt und halb verblutet.
Seydlitz. Geschont selbst würde sich's nur schwer erholen.
Röder. Der Unterhalt der riesigen Armee,
Die größtenteils durch unser Land marschierte,
Hat ihm die letzte Habe fast gekostet.
Macdonald. Ich weiß es wohl, Sie hatten schwer zu leiden,
Doch werd' ich alles thun, den Druck zu lindern.
York. Es ist die höchste Zeit! Wir sind erschöpft
Nach all den Opfern, die wir bringen mußten
In Preußen schon von Anno sieben ab,
Den unaufhörlichen Kontributionen,
Der ewigen Quartierlast und Besteu'rung,
Den unerschwinglich hohen Lieferungen
Und dem, was wir an Pferden aufgebracht,
Sodaß selbst Greise vor den Pflug sich spannten.
Macdonald. Ich hegte stets Bedauern für Ihr Land.
Doch haben wir vom Feldzug noch zu reden.
York. Ich bin auf Ihren Plan gespannt —
Macdonald.   Nun wohl,
Ich denke, jetzt mit Riga ernst zu machen.
York. Dies ist, Herr Marschall, ganz auch mein Gedanke:
Die Jahreszeit ist weit schon vorgerückt,
Und auf den Winter darf man nichts versparen.
Macdonald. Wir warten nur auf den Belag'rungspark,
Der schon von Danzig unterwegs nach hier,
Dann können wir an die Beschießung gehen.
Campredon (einwerfend). Ich hoffe, in vier Wochen ist es unser.
                    (Es wird Viktoria geschossen.)
Macdonald (York zutrinkend). Dann sollen Freudenschüsse Kunde
                                                            geben
Von einem Sieg, den wir ver e i n t errungen!

Bergier (zu Grandjean und Campredon). Vereint! — Den Eifer kann
                     ich leicht mir denken!
Macdonald.   Den Lorbeer werden Sie dann mit mir teilen,
    Den uns der neue Cäsar zuerkennt,
    Wenn beim Triumph wir beide zu Paris
    Durchs Thor der elysäischen Felder ziehn.
Grandjean (zu York). Sie werden wohl bei Ihren Truppen auch
    Viktoria schießen lassen?
York.   Wenn's befohlen!
Grandjean. Als Sie die Grenze Rußlands überschritten,
    Da brachten Sie ein feurig Lebehoch
    Dem König aus, vom Kaiser schwiegen Sie.
York. Mir waren die Verhältnisse zu neu.
    Bin ich doch alt geworden als Soldat
    In mehr als dreißigjähr'gem Dienst bei uns.
Röder. Wir hatten uns ganz nach dem Brauch gerichtet.
York. Zu was der Umschweif? Ich vergaß es einfach.
Macdonald. Ich nahm auch damals nicht Notiz davon,
    Und höre ungern nur es hier verhandelt!
Campredon. Herr Marschall, Ihre Nachsicht wird mißbraucht!
    Dem General sagt man in Memel nach,
    Daß er Personen dort begünstige,
    Die im Verdacht stehn russischer Gesinnung!
Grandjean. Und auf den Sieg der russischen Waffen hoffen!
York (auffahrend). Wer unterfängt sich, dieses zu behaupten?
(Das Schießen währt an. Macdonald wechselt mit Grandjean und Campredon
                    einige Worte.)
Bergier. Die Nachricht stammt aus sichrer Quelle her,
    Und zwar vom kaiserlichen Konsul selbst.
York (höhnisch). Dann freilich braucht es weiter nicht der Zeugen.
Terrier. Ich hört' es auch von andrer Seite noch,
    Daß Sie in Memel eine Dame schützen,
    Die heimlich mit den Russen pflegt Verkehr.
Macdonald. Herr General, was ist's mit dieser Dame?
York. Ich selbst bin's, der nach Memel sie gebracht.
    Doch steht auch ihr Verlobter bei den Russen,
    Was über sie der Konsul hat verbreitet,
    Ist blinder Rachbegier allein entsprungen.
Seydlitz (in spöttischem Ton). Der Konsul ist ein gar galanter Herr,
    Vielleicht hat er noch Glück bei dieser Dame.

Bergier. Die einen ganz besondern Schützling hat,
Von dem sich ernstlich ließe weiter reden!

Seydlitz. Ein braver Bursch, der Tambour, treu wie Gold;
Sollt' er dem Konsul gar im Wege stehn?

(Macdonald, York und alle übrigen erheben sich.)

Macdonald (zu York). Wenn Sie vielleicht noch das Kommando dort
Für eine Weile möchten fortbehalten,
So könnte vorerst nach dem Altersrang
Das Corps auch Kleist von Ihnen übernehmen.

York. Da ich vertragsgemäß den Chef vertrete,
So kann ein anderer nicht mich ersetzen.

Macdonald. Ich wollte Ihnen nur entgegenkommen
Und denke nicht daran, Ihr Recht zu schmälern.
Im übrigen muß ich mir vorbehalten,
Sobald der Zweck es fordert, Ihre Truppen
Aus dem Verband zu zieh'n, den sie gewohnt.

York. Mein Amt macht mir's zur Pflicht, von jedem Eingriff
Den König, meinen Herrn, zu unterrichten,
An dessen Weisungen ich streng mich halte.

Macdonald. Die meinen fließen aus noch höh'rer Quelle.

York. Wie es auch kommt, ich bin bereit, mein Leben
Zu opfern meinem Herrn im Dienst der Pflicht,
In der mich kein Befehl kann wankend machen.

Macdonald. Ihr Herr ist der Verbündete von Frankreich.

York. Verbündeter und drum nicht unterworfen!
Komm', was da will, ich fürchte nicht die Kugel!

(Er entfernt sich nach einer Verbeugung, gefolgt von Röder und Seydlitz.)

Macdonald (ihm nachblickend). Ein trefflicher Soldat, doch seinem
Willen
Trau ich nicht mehr. Drum gilt es Vorkehr treffen,
Und auf der Hut sich halten gegen ihn.

(Der Vorhang fällt.)

Ende des zweiten Aktes.

Dritter Akt.

Erste Scene.

(Kurze Dekoration. Der befestigte Hafen von Memel, in dem nur einige ab=
getafelte Schiffe und ein segelfertiges liegen; die Türme der Stadt sind sichtbar.
Es ist später Abend und am östlichen Himmel zeigt sich eine Brandröte. Friederike
und Wilhelmine, letztere im Reisekleid, treten auf.)

Friederike. So kam es doch, wie ich es gleich befürchtet,
Von einem Netz der Falschheit und Verleumdung
Hier dichter stets umsponnen, mußt Du Dich
Aus meiner Obhut flüchten, arme Schwester.
Nun gebe Gott, daß glücklich Du entkommst!
Wilhelmine. O, dieser Tage Pein war unaussprechlich.
Und erst der grauenvollen Nächte Qualen,
Die von Gefangenschaft und Tod im Kerker
Die schauderhaften Bilder unablässig
Mir vor die angsterfüllte Seele malten!

(Sich umschauend nach der Stelle, wo Iwan Beer mit einem Begleiter, von
der Seite herkommend, sichtbar wird.)

Doch siehst Du nicht, dort plötzlich aufgetaucht,
Die zwei verdächtigen Gestalten nahn?
Ich fühl' es lange schon, daß sie uns folgen —
Ist's nicht, als wollten sie den Weg zum Schiffe
In feindlich böser Absicht uns verlegen?
Friederike. Du täuschest Dich. Nur Mut! 's sind arme Schlucker,
So denk' ich, die umher am Hafen lungern,
Nach Brote mehr als nach der Arbeit lüstern.

Und hat Major von Vork nicht auch getreulich,
Bevor er heut' von Memel abgerückt,
Für Deine Fahrt getroffen jede Vorkehr,
Ja, einen Offizier, wie er Dir schrieb,
Zu Deinem sichern Schutz hierher beschieden?

Wilhelmine (wieder umblickend). Sie schleichen immer näher her
und näher!
Und jetzt erkenn' ich deutlich schon den einen;
Es ist des argen Konsuls ärgrer Diener,
Der auf uns lauert — —

(Iwan Beer nähert sich, sein Begleiter bleibt zurück.)

Iwan Beer. Mein Herr läßt beiden Damen sich empfehlen:
Er bitte, nicht zu eilen mit dem Abschied.

Friederike. Der Platz ist schon gemietet auf dem Schiff,
Das diesen Augenblick den Anker lichtet.

Iwan Beer (winkt seinen Begleiter heran). Der Konsul ist genötigt,
einen Aufschub
Der Reise Ihnen bringend anzuraten.

Friederike. Es ist zu spät — Sie hörten, meine Schwester
Kann ihre Abfahrt länger nicht verzögern.

Wilhelmine. Barmherz'ger Gott, wie wird die Not nur enden?

Friederike (zu Wilhelmine). Fort nach dem Schiff! Wir treffen
dort den Landsmann,
Der uns von den Bedrängern wird befrei'n.

Friederike. Und noch einmal, verlassen Sie uns hier!

Iwan Beer (zu Wilhelmine). So künd' ich Ihnen die Verhaftung an.

(Iwan Beer und sein Begleiter stellen sich in den Weg. Im gleichen Augenblick
tritt der Platz-Offizier mit einigen preußischen Füsilieren auf.)

Der Offizier. Ich habe Auftrag, gnäd'ge Frau, das Fräulein,
Wenn ich nicht irre, Dero Fräulein Schwester,
Zu jenem Kutter sicher zu geleiten,
Der schon die Segel spannt nach Königsberg.
So werd' ich den Befehl mit Freuden auch
Sofort vollziehn.

Friederike.   Wir danken inniglich.

Iwan Beer (einen Befehl hervorziehend). Ich aber habe Auftrag,
diese Dame
Auf meines Herrn Geheiß, der Frankreichs Konsul,
Als russische Spionin zu verhaften.

Der Offizier (nach einer einbruckvollen Pause). Auch Frankreichs Konsul
hat nicht Macht genug,

Der deutschen Frau zu nahn, die York beschützt!

(Jwan Beer und sein Begleiter ziehen sich zurück.)

Friederike. Wann wird die schmähliche Bedrückung enden?

Offizier. Solch offne Unbill stark und still ertragen,
Heißt vorbereiten der Befreiung Stunde.

Friederike (zu Wilhelmine). So leb' denn wohl! Geleite Gott
Dich, Teure!

Wilhelmine (ihre Hand erfassend). Ob wir auf Erden noch uns
wiederfehn?

O fieh' die Röte dort am fernen Himmel,
Wie fie fich klammert um die dunklen Wolken,
Vom Flammenhauch des Kriegs der Wiederschein,
Als sollte nimmer unferm Vaterland
Ein Morgenrot der Freiheit wieder tagen!

(Friederike umarmend.)

Nun, herzgeliebte Schwester, lebe wohl!

(Indem sie, von dem Offizier begleitet, dem Schiffe zugehen, fällt der
Zwischenvorhang.)

(Verwandlung.)

Zweite Scene.

(Das Lager bei Ruhenthal. Der Hintergrund stellt einen in der Perspektive
gesehenen und von aufgeschichteten Kugelhaufen umgebenen Geschützpark samt den
dazu gehörigen Pulverwagen vor. Mehr nach vorn befindet sich die geschlossene Zelt=
hütte Yorks, darüber der preußische Wimpel weht; zwischen jenem und dem Wacht=
zelte zieht sich eine nach dem felbst nicht mehr fichtbaren Lärmplatze der Truppen
laufende Zeltgasse hin. Gegenüber verliert sich das Lager in das Freie der faft
schon winterlichen Gegend. Es ist Nacht und der Mond im Untergehen. Der Raum
ist rings vom Wiederschein der Lagerfeuer erhellt. Kanonenschüsse werden aus weiter
Ferne, doch nur anfangs noch, vernommen. Seydlitz und York treten mit=
einander auf.)

York. Noch immer fallen Schüsse dort. Der Feind
Ist weit zurückgeschlagen hinter Riga.

Seydlitz. Es ist das letzte Zucken noch des Kampfes.

York. Von Glück, beim Himmel, darf der Marschall fagen,
Daß wir aus dieser Klemme ihn befreit!
Was wär' aus dem Geschützpark dort geworden,
Wenn wir ihn nicht gedeckt mit unfern Leibern?

Seydlitz. Wir waren es der eig'nen Ehre schuldig,
Den Park zu halten bis zum letzten Mann.

Yort. Ja freilich, dazu sind wir ihnen recht,
Das Magazin jedoch, das dicht vor uns
Am Weg nach Bauske liegt, das halten sie
Verschlossen uns, als wollten sie uns höhnen!

(Maffenbach und Kleift treten mit Röder aus dem rückwärtigen Teil des
Lagers auf.)

Maffenbach. Ist es noch möglich, vor den Chef zu kommen?

Seyblih (auf das Zelt deutend). Er schläft seit einer Stunde kaum,
erschöpft
Vom Druck der schweren Last, die auf ihm ruhte;
Denkt doch: fünf lange Tage im Gefecht!

Maffenbach. Ich gab es auf, dem Feinde nachzusetzen,
Da unfre Pferde zu ermattet sind —

Röder. Infolge Mangels jeglicher Fourage!

Kleift. Das Fußvolk leidet nicht gering're Not.

Yort. Die Meinen legten sich, vom Kampf ermüdet,
Zur Ruh' hin, ohne abgekocht zu haben.

Kleift. Wer kommt?

Maffenbach. Litthauische Dragoner sind's.

(Ein Zug Dragoner, von einem Unteroffizier geführt, kommt im Gleichschritt
aus dem Lager von der Seite. Die Leute tragen leere Futterfäcke.)

Der Unteroffizier (zu Maffenbach). Gehorsamst meld' ich, unfren
Pferden fehlt
Das Futter heut; kein Hafer, Heu und Stroh.
Das Magazin ward uns nicht aufgethan,
Kein Pochen half, kein Rufen und kein Schelten.

Maffenbach. Franzosendank und Waffenbrüderschaft!

(Zu Seydlitz.)

Was thun?

Seydlitz. Es hilft nichts, seh' ich, als ihn wecken.

(Indem er sich der Zeltthüre nähert, tritt York im Mantel und mit der Feldmütze
daraus hervor.)

York. Was giebt es? Wollen wohl zu mir, die Herren?

Kleift. Geruhen Exzellenz vor allem erst
Die Klage dieser Leute anzuhören!

York. Dragoner, was gebricht euch? Doch das künden
Die leeren Hafersäcke. — Nun und ihr?

Der Unteroffizier. Das letzte Fleisch empfingen wir schon gestern.
Heut haben wir nicht einmal Brot gesehen.
Doch hätten wir uns nicht beschwert darüber,
Wenn unsren Gäulen es nur besser ginge!

Ein Dragoner. Die so schon matt genug.

Ein anderer Dragoner. Matt wie die Fliegen!

Erster Dragoner. Wer sich nicht auskennt, schiebt die Schuld
auf uns!

York. Darüber, Kinder, macht euch keine Skrupel!
Man weiß es, daß Ihr eure Pferde liebt:
Ihr müßtet nicht Litthauens Söhne sein —
Major von Bork!

Bork (heraneilend). Befehlen, Exzellenz?

York. Sie lassen einen Zug von Füsilieren
Antreten marschbereit, und das sogleich.
Der Leutnant führt ihn nach dem Magazin
Und fordert dreimal dann zum Öffnen auf;
Geschieht es nicht, soll er Gewalt gebrauchen!

Bork. Ich werde selbst dem Führer Weisung geben.

York. Gefeuert wird indeß nur auf Kommando.
Der Zug wird hier
(er weist nach der Richtung hin)
an mir vorbeimarschieren.
(Bork entfernt sich nach dem Lärmplatze zu.)
Ihr schließt euch an und faßt, was euch gebührt.

Der Unteroffizier (kommandiert). Rechts um! Marsch!
(York grüßt die Abmarschierenden.)

York (zu Massenbach). Sie haben die Verfolgung eingestellt?
(Man hört ein dumpfes Trommelzeichen vom Lärmplatz her.)

Massenbach. Ich mußte, wegen gänzlicher Erschöpfung
Der Reiterei, die ohnedies zu schwach.

York. Daß sie so schwach, verdanken wir dem Marschall,
Der eines Dritteils mich des Corps beraubte;
Doch freu'n wir uns, daß dennoch es gelungen!

Kleist. Die Russen fühlen ihre Schlappe wohl,
Denn einmal nur, eh' sie den Bruch passiert,
Dort im Gehölz kam das Gefecht zum Steh'n.

Massenbach. Trotz ihrer Übermacht in allen Waffen!

Röder. Das Corps aus Finnland, das bei Reval jüngst
Ans Land gestiegen, stritt an ihrer Seite.

York. Das finn'sche Corps! Ich hatt' es gleich vermutet!
Doch sogar dies erklärt noch nicht die Kühnheit,
Die sich in ihren Stößen offenbarte.
Ob unter ihnen d e u t s c h e Offiziere
Nicht mitgefochten? Glaubt' ich doch nicht selten,
Von preuß'scher Führung einen Zug zu spüren.

(Vork kommt zurück; man hört den gedämpften Klang einer Trommel.)

Vork. Bereits ist das Kommando ausgerückt.

(York tritt mit den Anwesenden vor den offenen Eingang der Zeltgasse, von wo er
den hinter die Bühne verlegten Vorbeimarsch salutierend abnimmt.)

York. Wie stramm sie hinmarschieren, uns're Pommern,
Der junge Brandenburger kühn voraus!

Kleist. Was haben sie nicht gestern ausgeführt,
Als sie uns an der Aa zu Hilfe kamen!
Diesseits des Flusses hielten wir, sie jenseits,
Da, rasch entschlossen, setzten sie durchs Wasser,
Das ihnen bis zur Hüfte ging, und schwangen
Patrontasch' und Gewehr hoch über sich —
So kamen sie im Lauf zu uns herüber.

(T i e d e m a n n wird auf einer Hand=Tragbahre von einigen preußischen
M u s k e t i e r e n, denen ein Unteroffizier zur Seite geht, herangebracht.)

Der Unteroffizier. Wir bringen einen russ'schen Offizier,
Den sie zurückgelassen schwer verwundet;
Er hat als unsern L a n d s m a n n sich bekannt.

York. Was seh' ich? Sie sind's, Major Tiedemann!

Tiedemann. Mit einer Russenkugel in dem Rücken,
Die ein Verräter mir hat zugesandt.
So endet meine Laufbahn — nicht, wie einst
Der Jüngling sich erträumte, stolz, doch auch
Nicht völlig ruhmlos. Eine beß're Zeit,
Nicht allzufern, wird auch dem Grabeshügel
Des Majors Tiedemann den Kranz gewähren. —
Noch liegt mir eine Bitte auf dem Herzen.

(Er zieht den Ring ab.)

Den Ring verlangt mich's, meiner teuren Braut,
Die gnädig Sie in Ihren Schutz genommen,
Zum treuen Angedenken zuzustellen.
Es ist kein schwaches Mädchen, und sie wird
Ihr Schicksal, das ihr Gott verhängt, ertragen.

York. Gern werd' ich Ihren letzten Wunsch erfüllen!

3*

Tiedemann (zu den Offizieren). Doch, Kameraden, nun an euch
ein Wort!
Was ich gethan, bereu' ich nicht. Ich sah
Nur das gelobte Land der Freiheit, ihr,
Ihr werdet's bald im Siegerzug betreten.
(Er stirbt.)

York (das Haupt entblößend, was auch die andern thun). Er starb, ein heil'ges
Wort auf seinen Lippen.
Ob er geirrt, ob recht gethan, es schweigt
An dieser Bahre jeder Streit. Leb' wohl!

Bork. Ich kannte ihn im Grunde seines Herzens,
Das, nach wie vor, dem Vaterlande schlug.

Seydlitz. Drum riß ihn auch die russ'sche Kugel fort.

York. Wir wollen ihn als tapf'ren Krieger ehren.
(Glenke stürmt, fassungslos die Hände ringend, auf die Bühne. Alle wenden sich
ihm zu.)

Glenke. Ach, Exzellenz, welch Unglück ist geschehn!

York (streng). Im Kriege giebt's kein Unglück. — Fass'
Er sich
Und trag' Er den Rapport in Ruhe vor!

Glenke. Ach Gott!

York (ärgerlich). Nochmal bitt' ich mir Fassung aus!

Glenke. Als fast wir schon das Magazin erreicht,
Da rief der Leutnant vorn den Posten an.
Der Kommandant trat vor und meldete:
Er habe von dem Marschall Macdonald
Soeben endlich den Befehl erhalten,
Uns das Depot zu öffnen, und er bitte
Zum Proviant=Empfang heran zu kommen.
Wir rückten vor, doch eh' wir Halt noch machten,
Fiel drin ein Schuß, und unser Tambour lag
In seinem Blut. Ich fing ihn auf. Ein Wort,
Ein Blick, und er verschied in meinem Arm,
Indes vorbei an uns die andern stürmten.
Bald hatten sie den Mörder auch erfaßt,
Da keiner es gewagt, ihn zu beschützen.
Und als mein armer Tambour aufgebahrt,
Lief ich voraus, um Meldung zu erstatten.
(Er stockt.)

Und nun muß ich, ach Gott, es auch bekennen,
Daß ich allein an seinem Tode schuld.
(Er breitet die Arme bittend aus.)
Verzeihung, Exzellenz!

York. Was kann denn Er
Für einen Fall, der sich in solchem Krieg
Nicht läßt verhindern?

Glenke. Nein, die Schuld trifft mich,
Weil ich's verschwiegen hab', was ich gewußt,
Auch ohne daß er mir es je gestanden.
Drum wär's die schwerste Sünde, wollt' ich länger
Das schuldige Bekenntnis unterdrücken
Und in das Grab ihn legen als Geschöpf,
Das er nicht war. So sei's geoffenbart:
Er ist nicht unseres Geschlechts gewesen.
(Er hält die Hände sich vor's Gesicht.)

York. Was sagt Er da, Sergeant? Er war kein Mann?

Glenke. Ein Mädchen!

York. Und Er hat's vertuscht? Zum Teufel,
Er sollte dafür hängen!

Glenke. Wahr nur red' ich:
Seit sie den Bruder durch die Unterdrücker
Verloren, hatte sie nur e i n e Sehnsucht:
Fürs Vaterland zu sterben. Ihren Sinn
Zu ändern war undenkbar. So bewahrte
Aus falschem Mitleid ihr Geheimnis ich,
Bis ich es nun, da es zu spät, verraten.
(Er wirft sich vor der ankommenden Bahre nieder. Diese wird von v i e r   F ü s i l i e r e n
auf der Schulter daher getragen und vor der Tiedemanns niedergesetzt. Alle, York
voran, treten herzu. Die mit dem Mantel bedeckte Hülle des Tambours wird, nach=
dem jener hinweggehoben, sichtbar.)

York. Wahrhaftig jetzt, da ihr der Tod die Züge
So wunderbar verklärt, erscheint es seltsam,
Daß wir sie je verkannt! —
(Pause, während York in den Anblick versunken dasteht.)
Ein Weib, das, hold zur Jungfrau aufgeblüht,
Die Seligkeit geheimnisvollen Glücks
In der Bestimmung ihres Daseins ahnte,
Und das doch an der Pforte in das Leben
Der Hoffnung schmeichelhaftem Traum entsagt,

Der Rache brennendes Gefühl im Busen —
Ein solch Geschöpf, dem weich erschaffen war
Das Herz und das doch nach dem Schwert verlangte,
Ergriffen von der Not des Vaterlandes:
Fürwahr, es zwingt uns in so wirrer Zeit
Noch an des Wunders lichten Trost zu glauben.
(Mit erhobener Stimme.)
Durch solche Zeichen spricht des Himmels Macht,
Der die Natur aufruft zum Zeugen selbst
Und reden läßt der Toten stummen Mund.

(Das Morgenrot bricht am Himmel hervor. Die beiden Leichname werden neben-
einander feldwärts getragen. York und Glenke schließen sich an. Die Zurück-
bleibenden blicken eine Weile andächtig nach.)

(Zwischen zwei Füsilieren wird Iwan Beer gebunden daher geführt.)

Seydlitz. Da kommt der Wicht, der ihr das Leben stahl!

York (auf ihn losgehend). Und unsern Truppen auch das Brot vom
Mund!

Iwan Beer. Jetzt ist es aus mit Lügen und mit Finten!
Ob mein der Strang jetzt, ob die Kugel harrt,
Mir gilt es gleich. Den saubern Herrn jedoch,
Die mich so kalt ans Messer lieferten,
Möcht' ich ein kleines Angedenken gern
Noch hinterlassen. Touche-Molin, der Konsul
Von Frankreich, und der Intendant des Corps,
Herr Bergier, die hielten vor der Nase
Verschlossen euch das nahe Magazin;
Sie wußten wohl, warum, die guten Herrn!
Es war nichts drin für unsere Bundsgenossen;
Das Geld, das nahmen sie, doch für Verpflegung
Der Preußen auch zu sorgen, hielten sie
Für überflüssig beide. Die Papiere
Hier geben Aufschluß, wie man stehlen kann,
Wenn man des Marschalls Freund und Konsul Frankreichs.

York (nimmt die ihm durch Seydlitz eingehändigten Papiere). Man führe diesen
Ehrenmann zur Wache!
Dem Standrecht ist er nach Gebühr verfallen.
(Der Gefangene wird in das Wachtzelt abgeführt.)
(Trompetenstoß. Ein russischer Offizier mit weißer Parlamentärfahne tritt,
von einem Trompeter gefolgt, von der Seite des Feldes auf. Graf Friedrich
zu Dohna nähert sich langsam hinter ihm.)

Der russische Offizier. Der Gouverneur von Riga, Graf Paulucci,
Vom Wunsch beseelt, unnöt'gem Blutvergießen

Einhalt zu thun, läßt Eurer Exzellenz
Den Vorschlag machen, daß sich beide Teile
An den besetzten Raum als Grenze halten,
Bis sich die Dinge weiter hier geklärt.

York. Für meinen Teil stimm' ich dem Antrag bei,
Doch Der, dem ich im Felde unterstellt,
Zählt fest auf Rigas Fall, seitdem als Sieger
Napoleon in Moskau eingezogen.

Der russische Offizier. Das er in halber Flucht jedoch verlassen,
Nachdem die Stadt in Flammen aufgegangen.

York. Napoleon gefloh'n! Moskau in Flammen!
Czarnowski, sollte sich dein Traum erfüllen?
Doch brauch' ich mehr Gewähr!

Friedrich Dohna (rasch herantretend). Die ich erbringe.

York. Graf Dohna! Ich erkenne Sie nun erst —
(Begrüßung durch Händeschütteln.)

Friedrich Dohna. Der deutschen Legion gehör' ich an,
Die sich gebildet hat auf russ'schem Boden.

York. So sind Sie uns zugleich hier Freund und Feind,
Und darum zum Gewährsmann wie geschaffen.

Friedrich Dohna. Noch lieber würd' ich noch zum Mittels=
mann,
Und solchen macht dies Schreiben wohl aus mir,
Das ich in Ihre Hand zu legen habe.

York. Von wem doch geht es aus, Herr Graf?

Friedrich Dohna.   Vom Zaren.
Der Kaiser Alexander richtete
Es an den Gouverneur; sein ganzer Inhalt
Berührt jedoch ausschließlich Ihren König.

York. Dann wissen Sie auch wohl, was es enthält?
(Auf seinen Wink entfernen sich Kleist, Massenbach und Röder, Seydlitz wird durch
Yorks Blick zurückgehalten.)

Friedrich Dohna. Der Zar verspricht, daß, wenn sein alter
Freund,
Der König, wieder mit ihm gehen wolle,
Er nicht die Waffen niederlegen werde,
Bevor an Preußen nicht zurückgegeben,
Was es verloren durch Napoleon.

York (den Brief entgegennehmend). Ich lasse nach Berlin die Schrift
gelangen.

(Er verabschiedet sich durch Händedruck von Dohna, der sich entfernt.)

Der russische Offizier (der ihm noch einige Schritte gefolgt war). Noch
hab' ich heimlich etwas zu bestellen.

Napoleon trat schon den Rückzug an,
Doch wird er Polen nimmermehr erreichen,
Da unsere sämtlichen Armeen bereits
Den Rückzug ihm verlegt. — Er ist gefangen!

(Halblaut und immer leiser.)

Ihr König hat ihn nimmermehr zu fürchten!
Was liegt drum näher, als daß Sie befördern
Den sichern Abfall durch ein rasches Handeln?
Und daher fordert der Herr Graf Sie auf,
Durch Überfall den Marschall festzunehmen
Und ihn an uns nach Riga auszuliefern.

York. Ich habe darauf nichts mehr zu erwidern.

(Der russische Offizier entfernt sich beschämt. York eilt auf Seydlitz zu, der etwas
zurückgetreten war.)

Verrat mir anzusinnen war sein Auftrag;
Ich werde mich vor dem Paulucci hüten!
Doch nun ein Wort zu Ihnen, lieber Seydlitz.
Ich sende einen Offizier nach Wilna,
Von der Armee dort Nachricht einzuzieh'n;
Sie aber reisen, eh' es Tag noch wird,
Denn nichts darf ruchbar werden, nach Berlin:
Der König kennt Sie, und er hält auf Sie,
Ich weiß es, große Stücke. Wenn ja Einem,
So schließt er Ihnen auf sein gramvoll Herz.
Sie sollen alles offen ihm vertrau'n,
Als wenn er es aus meinem Mund vernähme;
Auch werd' ich selbst es brieflich noch ergänzen.
Doch eines bitt' ich Sie: sobald das Wort
Gefallen der Entscheidung, umzukehren,
Mich hier der Ungewißheit zu entreißen!

Seydlitz. Was ich vermag, das wird geschehn.

York (ihm die Hand reichend).   Das weiß ich,
Mein lieber Seydlitz, und vertraue Ihnen
Des Vaterlandes Heil. Sie kennen mich.

(Er schließt ihn in die Arme, worauf Seydlitz nach seinem Zelt enteilt.)

York (allein). Ich bin Soldat und kenne meine Pflicht.
Sie fordert unverbrüchlichen Gehorsam:
Des Königs Wille ist der meine auch,
Nie werd' ich, niemals ohne Vollmacht handeln,
Selbst wenn die That des Vaterlandes Rettung
Verbürgte. Doch zum Rat vor ihn befohlen,
Werd' ich erheben ernst genug die Stimme:
Ist es doch jedem Ehrlichen bewußt,
Was not uns thut und wie uns nur zu helfen.

(Indem er seinem Zelte zuschreitet, ertönt aus der Ferne das Lied „Saat von Gott gesäet, am Tag der Ernte zu reifen" als Grabgesang.)

York (innehaltend.) Da graben sie die beiden Helden ein:
¡ ˜Auch sie sind für das Vaterland gefallen.

Der Vorhang fällt.

Ende des dritten Aktes.

Vierter Akt.

Erste Scene.

(Im Empfangszimmer des Marschalls im Schloß zu Stalgen bei Mitau. Auf einem Tische liegt sein Marschallsstab. Touche-Molin und Bergier, die eben hereingekommen.)

Touche-Molin. Der Marschall hat uns beide herbefohlen,
Herr Intendant! Mir ahnt dabei nichts Gutes.
Lief keine Nachricht ein noch vom Depot,
Das wir bei Bauske, wohl verwahrt, verließen?

Bergier. Ich hoffte, dies von Ihnen zu erfahren,
Wie auch, daß uns der Streich nach Wunsch gelang.

Touche-Molin. Mein Diener Beer, der Nachricht uns versprach,
Läßt allzulang' auf seine Meldung warten.

Bergier. Auch hör' ich allerlei Gerüchte gehen
Von bittren Klagen über die Verpflegung,
Durch York beim Marschall brieflich angebracht;
Dazu verlautet, daß der alte Schnüffler
In eigener Person gar angekommen.

Touche-Molin. Parbleu, da gilt es auf der Hut zu sein!

(Campredon tritt auf.)

Campredon (zu Touche-Molin). Sie hatten einen Diener, Iwan Beer?

Touche-Molin. Sie fragen sonderbar, ich hab' ihn noch!

Campredon. Sie hatten ihn, denn Iwan Beer ist tot.

Bergier. Was sagen Sie da, tot?

Campredon.   Er ist erschossen.

Touche-Molin. Auf Yorks Befehl?

Campredon.   Auf Yorks Befehl erschossen.

Touche-Molin. Des kleinen Abenteuers wegen wohl,
In das der General mit der Blondine
Zu ihrer beider Schaden sich verstrickt.

Campredon. Soviel ich höre, war's ein andrer Grund. —
Hier kommt der Marschall!

(Macdonald tritt aus seinem Arbeitszimmer, Papiere in der Hand.)

Bergier (ihm entgegeneilend).   Denke dir, mein Freund,
Man hat den Wächter, den zu Ruhenthal
Wir fürs Depot bestellt, und der zudem
Im Dienste bei dem Konsul Frankreichs stand,
Auf Yorks Befehl erschossen.

Macdonald.   So, warum?

Touche-Molin. Um einer russischen Spionin willen.
Man sollte den Verwegenen verhaften!

Macdonald. Gemach! Um Liebeshändel? Nein, das sieht
Dem General von York nicht eben gleich!
Was hatte doch der Diener beim Depot
Für einen Auftrag, Bergier?

Bergier.   Er sollte
Genau die Lieferungen kontrollieren
Und drüber wachen, daß die Lebensmittel
Den Truppen würden richtig ausgeteilt
Nach Recht, wie sich's gebührt.

Macdonald.   Und darum wohl
Hielt er den Preußen, unsern Bundsgenossen,
Verschlossen das Depot, bis mein Befehl
Es ihnen öffnete? Und dann noch wagte
Der Schuft das Letzte der Vermessenheit:
Er schoß auf eine preußische Patrouille,
Die sich auf Yorks Befehl heran begeben,
Und tötete von ihr den Tambour. Nun,
Was sagt Ihr?

Touche-Molin.   Seine Ordre hat der Bursche
Weit überschritten!

Macdonald.   Und warum er schoß,
Auch davon habt ihr Zwei wohl keine Ahnung?
So sag' ich's euch: Nur die Besonnenheit
Des Lieutenants der Wache hat verhindert,

Daß sich die Mannschaft stürzte aufeinander,
Und der Betrug des Schufts und eurer ward
Ertränkt im Blute.   Die Papiere hier —
Die Handschrift Bergiers, des Intendanten,
Und Touche=Molins, des kaiserlichen Konsuls, —
Die York mir ausgeliefert hat, beweisen
Die ganze Schurkerei unwiderlegbar.
          Drum Schmach und Schande über solche Diebe!
Bergier. Wer bürgt, daß meine Handschrift nicht gefälscht?
Touche=Molin. Die Zahlen müssen, nicht die Worte reden!
Macdonald. Das Tribunal wird Klarheit darein bringen,
Wenn ihr nicht eilend aus dem Staub euch macht! —
          (Touche=Molin und Bergier treten ab.)
Macdonald (zu Campredon). Zu allem hat sich York für heute mir
Durch Terrier zur Meldung angesagt;
Er kann in jedem Augenblick erscheinen.
Wie steh' ich da, daß ich die rasche That
Des Generals nicht ahnden kann und wahren
Das Ansehn Frankreichs! Dräng' es durch zum Kaiser,
Es könnte meinen Marschallsstab mich kosten!
          (Nach kurzer Pause.)
Voll Unruh' bin ich, spähen Sie doch aus,
Ob General von York noch nicht sich naht!
Campredon (tritt ans Fenster). Da tritt er eben in den Schloß=
                              hof ein.
Macdonald. Ich wollt', die Unterredung wär' vorüber!
          (Terrier tritt auf.)
Terrier. Der General von York mit seiner Suite.
Macdonald. Ich laß ihn bitten, mit ihr einzutreten.
     (York mit Kleist und Röder tritt ein; Macdonald geht ihnen entgegen.)
Macdonald (nach gegenseitiger Verbeugung).   Es freut mich Eurer
                                        Exzellenz Erscheinen.
Auch kommt mir die Gelegenheit erwünscht,
Um Ausdruck meinem Schmerzgefühl zu geben,
Daß solche niederträcht'ge That gescheh'n,
Die mit dem tiefsten Abscheu mich erfüllt.
Die Schuldigen, die Sie mit Glück entlarvt,
Sie werden ihrer Strafe nicht entgehen,
Und der den feigen Meuchelmord beging,
Mit Recht verdammte ihn Ihr Spruch zur Kugel.

York. Es that einmal ein warnend Beispiel not,
Doch komm' ich nicht in dieser leid'gen Sache,
Weit ernst'rer Anlaß hat mich hergeführt.
Kaum war ich dort im Feld die Russen los,
Da schwirrten mir unheimliche Gerüchte
Von der Armee Napoleons ans Ohr.
So schick' ich einen meiner Offiziere
Nach Wilna, wo, wie mir ja wohl bekannt,
Ihr Herzog von Bassano amtlich weilt.
Mein Sendling kehrte heut' von dort zurück.
Die Kundschaft aber, die er eingezogen,
Schien mir so wichtig, daß ich ihn hierher
Beordert, Eurer Exzellenz in eigner
Person darüber zu berichten.

Röder. Darf ich
Den Leutnant herbefehlen?

Macdonald. Wenn's beliebt.
(Röder ab.)
Auch ich erwarte stündlich dorther Nachricht,
Um endlich aus so ungewisser Lage
Herauszukommen, wenn ich auch nicht zweifle,
Daß wir in Kurland überwintern werden.

York. Mein Leutnant hat ein Schreiben mitgebracht
An Eure Exzellenz. —
(Röder und Canitz treten ein, Grandjean folgt ihnen auf dem Fuße nach.)

Macdonald (eilig entgegengehend). Sie haben Neuigkeiten auch für mich?

Canitz (ihm ein Schreiben einhändigend). Dies Schreiben ließ der
Herzog von Bassano
Zustellen mir durch unsern General
Von Krusemark, der uns bei ihm vertritt.

Macdonald (nachdem er das Schreiben gelesen). Er schickt mir den Befehl
zu schnellem Rückzug,
Der, schreibt er, schon einmal an mich ergangen,
Doch wohl den Russen in die Hände fiel.
Die haben wir demnach schon in der Flanke!
(Zu Camprebon und Terrier.)
So also löst sich seines Schweigens Rätsel.
(Zu Canitz.)
Und nun, Herr Lieutenant, was hörten Sie
In Wilna von dem Marsch der Grande Armée?

Caniß. Die Grande Armée ist ganz und gar vernichtet.

(Große Bewegung auf Seite der Franzosen.)

Bevor ich noch dem Thor der Stadt genaht,
Ward ich gewahr schon ihrer letzten Trümmer,

(Neue Bewegung.)

Die deutlich ihren Untergang bezeugten.

(Nach einer Pause.)

Wie aber soll ich sie mit Worten schildern?
Gestalten, die uns nur im Fiebertraum
Entgegen taumeln, tauchten plötzlich auf,
Gleich wie dem Grab entstiegene Gespenster.
In schwanker Haltung des gebrochenen Leibes,
Den Kopf zur Erde schwindelnd hingebeugt,
Zerwirrt das Haupthaar und den Bart verwildert,
Das Angesicht entstellt und hohl den Blick,
Erschienen sie bald einzeln, bald in Haufen,
Und ihnen folgte, aufgelöst in Schwärmen,
Was Hunger nicht und Kälte aufgerieben —
Der Rest des Völkerheers, mit Not entfloh'n
Den Lanzen der Kosaken, und der Wut
Dem eis'gen Beresinastrom entronnen.
So schleppten sie sich ohne Ende hin,
Verzweiflung oder Wahnwitz in den Mienen,
Und keiner hatte mehr des andern acht.
Nur selten zog ein Kameradenpaar,
Das brüderlich sich stützte, miteinander.
Auch sonst war jede Ordnung hingeschwunden:
Von Hunderten trug einer ein Gewehr,
Zerstreute Rotten nur bemühten sich,
Die angelernte Strammheit zu bewahren.
Dem Offizier ging der Soldat zur Seite,
Der zuchtlos nimmer auf ihn achtete:
Das Elend hatte alle gleich gemacht,
Und alle Bande waren aufgelöst.
Der Kanonier, der sein Geschütz verloren,
Ging mit dem Reiter, dem sein Pferd gefallen,
Und hinter ihnen schritt der Grenadier,
Des Adlers seiner Legion beraubt.
Nicht eine Spur von Führung war zu schaun,
So wenig als von einer nahen Hilfe!

So schwebte das Verhängnis über allen,
Dem zu entrinnen so unmöglich schien,
Als grausam die Verläng'rung ihrer Leiden —
York (abwinkend). Genug —
    (Lange Pause, während der alle erschüttert dastehen.)
Macdonald. O Himmel, diese mächtige Armee,
  Ein Riesenheer, wie es die Welt nicht sah,
  So jammervoll erlegen!
Campredon.   Mehr als schrecklich!
  Es ist, als ob ein wüster Traum uns narre!
Grandjean. All' diese unabsehbaren Kolonnen,
  All' diese Rosse, Wagen und Geschütze,
  Gleich donnertragenden Gewitterwolken,
  In nichts als leeren Dunsthauch aufgelöst!
Terrier. Geschmolzen wie ein Schneefeld in der Sonne!
Macdonald. Wer hätte nach dem Tag von Austerlitz
  Solch ein Geschick dem Sieger prophezeit?
York. Er kannte nicht das Scythien, das sein Schritt
  Vermessentlich betrat!
Kleist.   Ihm schien auf Erden
  Für seine Macht kein Grenzstein mehr zu stehn.
Röder. Sein Stern, dem er gefolgt, hat ihn betrogen.
Macdonald (gefaßt zu Canitz). Was wissen Sie vom Kaiser?
Canitz.   Als in Wilna
  Ich eingetroffen, war er schon durch Schlesien
  Zurück nach Frankreich, um, wie er verhieß,
  Ein neues Heer in Eile zu erschaffen.
Macdonald (zu York sich wendend). Ich schulde Ihnen wirklich großen
                  Dank. —
    (Mit bewegter Stimme.)
Wenn wir uns manchmal nicht so recht verstanden,
So wollen wir fortan, der Pflicht gedenk,
Uns um so enger aneinander schließen.
Das Unglück erst erprobt den Waffenbruder.
York. Der Ausgang ist der Richter aller Dinge,
  Und keiner weiß im voraus, was von ihm
  Der Augenblick erheischen wird, doch was
  Auch kommt, ich werde meine Pflicht erfüllen.
    (Er geht unter Verbeugung mit Kleist, Röder und Canitz ab.)

Macdonald. Die Rede klang wohl dunkel, und doch giebt
Sie keinen Anhalt, um Verdacht zu schöpfen,
Denn, daß er seiner Pflicht allein gehorcht,
Kann uns beruhigt lassen, wenn der König
Ihm eine Weisung nicht geheim erteilt,
Was kaum geschieht, da er zu oft enttäuscht,
Um zu so rascher That sich zu ermannen.
Grandjean. Nichtsdestowen'ger scheint mir Vorsicht rätlich.
Camprebon. Und mehr noch, als bisher wir sie gebraucht.
Macdonald. Nun gut, so werd' ich seine Streitmacht teilen:
Wir ziehen Massenbach an uns und lassen
Sein Corps die Tête bilden; abgetrennt
Durch unsre Reih'n, folgt York dann mit dem Gros.
(Zu Terrier.)
Die Ordre für den Marsch wird gleich erteilt.
(Terrier ab.)
Laßt mich vorerst allein! Zuviel des Leides
Ist eingestürmt auf mich mit einem Mal!
(Grandjean und Camprebon gehen ab.)
Macdonald (allein). Wir hätten einen schweren Stand mit ihnen,
Wenn ihre Kraft sie kennten, die gestärkt
Noch wird durch das Gefühl, im Recht zu sein!
Ein Volk nur, das für seine Freiheit kämpft,
Ist wert des Siegs, denn seinen Helden braucht
Es nicht in seinem Zorne nachzufluchen,
Da nicht nur schnöde Ehrsucht sie beseelte.
Was hat er nun mit seinem Thatendurst
Erreicht, der unersättliche Despot?
Daß er sein Parthien gefunden hat
Als zweiter Crassus oder Alexander:
Für sein erträumtes Weltreich gab er hin
Ein Völkerheer von Hunderttausenden,
Dem ungezählte Mutterzähren fließen.
So endet sein Triumphzug in den Osten!
Und wieviel hat er nicht an Menschenblut
Zuvor dem Kriegesmoloch schon geopfert?
Ein jeder seiner düstren Siege ließ
Ein schreckensvolles Leichenfeld zurück,
Für das er Rechenschaft dereinst muß geben.
Ich bin, so kühn das Herz dem Krieger schlug,

Der Greuel dieser Schlächtereien müde,
Und meine Kampflust hab' ich längst verloren.
Heim zieht mich's in mein friedliches Courcelle;
Bei meinen Pächtern und bei meinen Bauern,
Wie glücklich wär' ich dort! Ich würde bald
Vergessen haben hier den Marschallstab.

(Indem er sich in sein Kabinet zurückzieht, fällt der Zwischenvorhang.)

Zweite Scene.

(Zu Tauroggen. Eine große, zu ebener Erde gelegene ländliche Stube, in der ein Tisch und Sessel, sowie einige Stühle stehen und daran zwei gegenüberliegende Kammern stoßen. Im offenen Kamin brennt das flackernde Feuer; durch ein in den Hof gehendes Fenster sieht man auf den vom Mond beleuchteten Schnee hinaus. York, Kleist, Röder und Bork, denen die Hauswirtin in russischer Tracht vorangeleuchtet, treten, in die dichtbeschneiten Mäntel gehüllt, ein. Die Frau läßt beide Kerzenlichter zurück und schürt das Feuer, worauf sie sich mit unterwürfigem Gruß verabschiedet.)

York (zu Bork). Der Posten vor der Thür wird eingezogen.
Die Leute sind der Ruhe sehr bedürftig
Nach den Strapazen eines solchen Marsches
In dieser fürchterlichen Winterkälte;
Sie müssen morgen frisch bei Kräften sein.

Bork. Sofort werd' ich's befehlen, Exzellenz.

(Ab.)

York. Wir sind nun in Tauroggen angelangt,
Dem Punkt, wo uns der Marschall treffen wollte,
Doch bis zur Stunde ließ er nichts vernehmen.

Kleist. Er zog nach Tilsit, das scheint festzustehen.

Röder. Die Memel möglichst schnell dort zu erreichen.

York. Jetzt aber sind die Russen zwischen uns.

Röder. Er hätte besser hier auf uns gewartet!
Vereint gelang es leicht uns, durchzubrechen.

Kleist. Dafür nahm er den Massenbach uns mit,
Den er gestellt an seines Zuges Spitze,
Um sich in ihm auch unser zu versichern.

York (in Gedanken). Daß Seydlitz noch nicht aus Berlin gekehrt!

Kleist. In Eis und Schnee mag seine Fahrt oft stocken.

Röder. Und wenn er auch mit dem Gefährte durchkommt,
So lassen ihn die Russen doch nicht weiter.

York. Nun, d i e f e s Hemmnis möcht' ich nicht befürchten;
Doch, Röder, Sie bedürfen fehr des Schlafs;
Ihr Bett ist in der Kammer nebenan;
Ich werd' Sie wecken, wenn es nötig wird.
Röder. So wünfch' ich wohl zu ruhen, Exzellenz!
(Er entfernt fich in die Kammer.)
York. Die Ruffen würden lieber fich mit uns
Verständ'gen, als aufs Ungewiffe kämpfen.
Kleist. Auch heute ließen fich auf allen Kuppen
Kofaken fehn, die unfern Marfch verfolgen.
Sie thun, als wichen fie vor uns zurück,
Indes fie lauernd unfern Zug begleiten.
York. Und doch beforg' ich keinen größern Angriff.
Das Flügelcorps, das Diebitfch hergeführt,
Und die Befaßung Rigas hinter uns
Sind arg erfchöpft, wie felbft ich wahrgenommen.
(York kehrt zurück und überreicht York einen Zettel.)
York. Was er enthält, ich kann es mir fchon denken,
(Ablefend.)
„Ich harre auf den General von York
„Mit Ungeduld in Tilfit. Macdonald." —
Die Weifung lautet klar genug für uns.
Kleist. Uns durchzufchlagen ohne weit're Hilfe,
Das würde wohl uns fchwere Opfer koften!
York. Doch giebt's kein Schwanken zwifchen ja und nein;
Allein j e ß t aufzubrechen in der Nacht,
Verbietet die Ermüdung unfrer Truppen.
(Zu beiden.)
Es bleibt beim Marfchbefehl, den ich gegeben!
Um acht Uhr bricht hier die Kolonne auf,
In Piktugönen find wir dann vor Abend;
Von dort find es zwei Stunden noch bis Tilfit.
Kleist. Wir werden hoffentlich nicht alarmiert.
York. Das thäte mir für unfre Mannfchaft leid.
(Die Verabfchiedeten entfernen fich. York verriegelt die Thüre und legt den
Mantel ab.)
York (der fich in den Seffel geworfen). So müd' ich auch, der Schlaf
will mir nicht kommen.
(Er fteht auf und durchmißt mehrmals das Zimmer.)
Wär' doch erft Seydliß mir zurückgekehrt!
(Anhaltend.)

Kein Zweifel mehr, uns schlug die Stunde jetzt,
Den Kampf mit den Bedrückern aufzunehmen.
Doch nur der König kann das Schwert entblößen,
Und ich vertrau' auf ihn, daß er es thut.
Der Blick schon auf die Ahnen wird's bewirken,
Die Preußens Thron vor ihm mit Glanz geziert,
Und deren Beispiel stets voran ihm leuchtet.
Was einst der Große Kurfürst kühn vollführt,
Als ihm der Schwede war ins Land gefallen,
Und was, bedrängter noch, sein Großohm Friedrich
Gewagt und ausgeführt — das Angedenken
An solche Thaten wird sein Herz entflammen!
Doch freilich bleibt's ein schwerer Schritt für ihn:
Napoleon, er lebt, und sein Genie
Macht furchtbar ihn, so lang sein Atem währt.
Auch hält er seine Pläne wider uns,
Die ihm noch als Verbündete verhaßt,
In undurchdringlich Dunkel eingehüllt.
Wenn er mit Rußland raschen Frieden schlösse,
Wir müßten ihm den Preis dafür bezahlen.
Er bleibt das große Rätsel, das er war.
Scheint es doch fast, als ob dies Ungeheuer,
Das dem verlornen Eiland dort entstiegen,
Ein jedes Maß der Kräfte umgekehrt
In unsrer Welt, als wär' durch ihn verwandelt
Der alte hergebrachte Lauf der Dinge
Und eine neue Ordnung angebrochen.
Die Brust des Redlichen beschleicht der Zweifel,
Des Frömmsten Glaube selbst beginnt zu wanken.
Wer wagt zu sagen, daß für jetzt und immer
Des Glückes Gunst sich von ihm abgewandt?
D e r tritt in ein verhängnisvolles Wirrsal,
Der von des Schicksals Macht gebieterisch
Sich aufgerufen fühlt zu eignem Handeln.
In diesen Zeiten gilt's, mit a n d e r n Augen,
Als wir gewohnt sind, in die Welt zu schau'n;
Des Fürsten Blick allein, der mit der Krone
Der Ahnen alte Weisheit hat ererbt,
Durchdringt das Sturmgewölke über uns
Und weiß das Schiff durch die Gefahr zu lenken.

So hoff' ich von des Königs Einsicht alles:
Nur sein Entschluß kann aus der Not uns retten.
(Es klopft.)
Wer kommt?
(Er eilt zur Thür.)
Was giebt's?
Seydlitz (außen).   Ich bin es, Exzellenz.
York (die Thüren riegelnd). Was hör' ich?
(Seydlitz tritt im Mantel ein.)
Seydlitz! Endlich kommen Sie!
(Er reicht ihm beide Hände.)
Ich zählte jeden Tag, ja jede Stunde.
Seydlitz. Stets ward auf's neue ich zurückgehalten,
Trotz aller Ungeduld, die ich verriet.
Und dieser Reise mühevolle Fahrt
Hat keine frohe Sehnsucht mir beflügelt!
York. Nur schnell heraus, wie steht es in Berlin?
Seydlitz. Noch immer ist's besetzt von Augereau.
York. Doch weiß der König, was sich hat begeben?
Seydlitz. Er weiß es.
York.   Daß vernichtet die Armee,
Und daß entfloh'n der Kaiser?
Seydlitz.   Auf der Flucht
Schrieb er aus Dresdens Mauern an den König
Und drang in ihn, sein Hilfscorps zu vermehren.
York. Sie spannen auf die Folter mich! Der König,
Was hat für einen Auftrag er an mich?
Seydlitz (zögernd). Der König hieß Sie die Geduld bewahren,
Da er den Zeitpunkt nicht für günstig hält,
Die Rolle des Verbündeten zu wechseln.
York (niedergeschlagen). · Wie ich gefürchtet!
Seydlitz.   Und auch ich. Die Hand
Des Allgewalt'gen lastet schwer auf uns.
York. Nachdem uns jede Hoffnung denn zerfloß,
Bleibt eine Frage noch: Wie geht's den Meinen?
Seydlitz. Sie feierten gerad' das Weihnachtsfest,
Als ich in Königsberg sie aufgesucht.
Der Christbaum stieg auf ihrem Tisch empor
Im Lichterschmuck und ihn umstanden alle,
Doch schienen sie mir traurig mehr als froh.

York. Zu Haus, wie hier! Die Sorge drückt uns nieder,
Bald möcht' ich fürchten, daß sie gar uns lähmt.
(York tritt auf.)

Bork. Ich bin genötigt, noch einmal zu stören.
Vom letzten Posten draußen wird gemeldet,
Ein fremder Offizier verlange, schleunigst
Vor General von York geführt zu werden.

York. Seltsam! Ein Russe?

Bork.   Er verweigert standhaft
Uns jede Auskunft und erklärte nur,
Sein Auftrag sei so bringend, daß er keinem
Es raten möchte, länger ihn als nötig
Auf seinem Weg zu Ihnen aufzuhalten.

York. Ein kühn Verlangen mitten in der Nacht!
Wer mag es sein? Gleichviel, man laß' ihn vor!
(Bork ab.)
(Zu Seydlitz.)
In solcher Finsternis der Trübsal leuchtet
Der schwächste Hoffnungsschimmer wie ein Stern!
(Karl von Clausewitz tritt ein.)

York und Seydlitz (wie aus einem Munde). Sie, Clausewitz?

Clausewitz.   Zu dienen, Exzellenz.

York. Was führt Sie her? Nah'n Sie uns als Versucher,
Wie? Oder als Befreier?

Clausewitz.   Exzellenz,
Sie wissen, daß ich gern es stets vermied,
Im ersten Glied zu glänzen: einem S c h a r n h o r s t
Kann man mit Stolz sich beugen, und ich saß
Zu seinen Füßen lernend. — Viel bescheid'ner
Ist heut mein Auftrag, da ich nur zunächst
Zwei Schreiben einzuhänd'gen hab'. Ich bitte —

York. Nun gut, doch werd' ich meinen Stabschef beizieh'n.
(Zu Seydlitz.)
Hier nebenan schläft Röder. Heißen Sie
Ihn aufsteh'n ungesäumt und zu mir kommen!
(Seydlitz ab.)
Auch Sie sind Chef des Generalstabs?

Clausewitz.   Ja,
Ich bin's im Corps des Generals von Diebitsch,
Jedoch seit kurzem erst.

Yorf.   Und standen vorher?
Clausewitz.   Graf Pahlen war ich anfangs zugeteilt.
Yorf.   So sind Sie oft wohl in den Kampf gekommen?
Clausewitz.   Die blutigste der Schlachten macht' ich mit
    Bei B o r o d i n o, sonst auch manches Treffen.
Yorf.   Da werden Sie mir ein'ges noch erzählen.
    Doch hier kommt Röder, den Sie selbst ja längst,
    Vielleicht aus Fähndrichszeiten her noch kennen.
           (Röder und Seyblitz treten ein. Röder begrüßt Clausewitz.)
Yorf (zu Röder).   Sie werden diese Briefe mit mir lesen
    Und Ihre Meinung rückhaltslos mir sagen.
   (Yorf und Röder lassen sich am Tische nieder, Seyblitz und Clausewitz bleiben stehen.)
Clausewitz.   Den Brief hier fingen uns Kosaken auf.
Yorf.   Der Schrift nach rührt er von dem Marschall her.
Clausewitz.   Er schrieb ihn an den Herzog von Bassano,
    Doch war er für Napoleon bestimmt.
Yorf (indem er den Brief überfliegt).   Ich werde darin von ihm an=
                             geflagt
    Für Dinge, die Vergangenes betreffen.
                 (Er giebt den Brief zurück.)
Clausewitz (das andere Schriftstück überreichend).   Ein Corpsbefehl des
                             Grafen Witgenstein,
    Erlassen an den General von Diebitsch.
    Sie werden, Exzellenz, daraus erseh'n,
    Daß er in raschem Anmarsch gegen Tilsit.
Yorf (nachdem er gelesen).   So wäre unserm Corps der Weg verlegt —
                 (Ernst ihn anblickend.)
    Sie sind ein Preuße, können Sie bekräft'gen,
    Daß dieser Brief auf Wahrheit voll beruht?
Clausewitz.   Für seine Ehrlichkeit verbürg' ich mich. —
    Und hier ist der Entwurf der Konvention,
    Die General von Diebitsch Eurer Exzellenz
    Anbieten läßt durch mich.
Yorf.   So zeigen Sie!
          (Liest.)

    „Das preuß'sche Corps des General von Yorf
    „Wird für neutral erflärt und bleibt vereinigt
    „Solange zwischen Tilsit stehn und Memel,
    „Bis sich des Königs Majestät erflärt,
    „Ob den Traktat Sie gut heißt oder nicht."

York (zu Röder). Was meinen Sie dazu, mein lieber Röder?

Röder. Ich bin der Ansicht, daß es für den Staat
Nur heilsam ist, wenn Sie auf Grund des Antrags
Abschließen; was jedoch S i e s e l b s t betrifft,
Eracht' ich's für gewagt im höchsten Grade!

York (nach kurzer Pause zu Seydlitz). Ich bitte, Herr Major, die Offiziere
Sogleich hierher zu rufen zum Appell.

(Zu Röder.)

Sie finden nebenan im Haus des Popen
Rittmeister Wernsdorf, den mir Massenbach
Geschickt; auch ihn laß' ich heran bescheiden.

(Röder und Seydlitz ab.)

Sie wissen von Napoleon?

Clausewitz.   Er ist
Schon in Paris.

York.   So wär' der Krieg am Ende!

Clausewitz. Das denken Exzellenz wohl selber kaum:
Sein Ende wird Beginn sein eines neuen,
Der wie ein Wettersturm dem andern folgt.

York. Nur Trümmer seines Heers hat er gerettet!

Clausewitz. Und dennoch fühlt er sich noch unbezwungen,
Ganz noch als Imperator, wie zuvor,
Was in der That kein Wahn nur ist. Sein Unglück
Schien erst die Quellen seiner Macht zu öffnen:
Der Tag von Ulm, Marengo, Austerlitz,
Was er im Alpenschnee, im Sand der Wüste,
Was in Italien, Spanien er vollbracht,
Der Glanz der Siege aller seiner Schlachten
Verbleicht vor diesem Rückzug. Drum, welch Ziel
Gesteckt dem Riesengeist in Zukunft noch,
Weiß Gott allein.

York.   Da müßten Sie ja selbst
Mir widerraten.

Clausewitz.   Ja, stünd' hier ein andrer,
Als General von York, der in den Tagen
Der höchsten Not die Ehre unsrer Waffen
Mit seinem kühnen Degen rettete.
Als, kämpfend Schritt für Schritt, er an der Elbe
Den Rückzug Blüchers deckte, bis in Lübeck
Er, auf den Tod verwundet, niedersank.

York (nach einer Pause). Vor einer Stunde, ja, ließ sich darüber
Vielleicht noch reden. Wissen Sie, daß Seydlitz
Soeben von Berlin des Königs Auftrag
Mir überbracht, am Bündnis festzuhalten,
Den unzweideutigen Befehl des Königs?
Sollt' Ihm ich den Gehorsam brechen?
Clausewitz.   Nein!
Sie sollen ihn dem Vaterlande halten!
York. Und meinen Kopf?
Clausewitz.   Noch nie hab' ich gehört,
Daß York um seines Leibes Wohlfahrt sorgte.
York. Auch meine Ehre setzt' ich auf das Spiel,
Die Ehre als Soldat und General,
Wie die so vieler tapfrer Kameraden,
Die, durch mein Wort verführt, der Pflicht vergäßen:
Sie ist dahin, wenn mir die That mißlingt.
Clausewitz. Die Welt ist aus den Fugen; das Gesetz,
Das sonst uns einengt zwar, doch auch behütet,
Erweitert selbst die Grenze seines Reichs
Und leiht ein Teil von seiner Macht dem Starken.
Drum, wenn die That mißlungen selbst, die Zukunft
Verliehe ew'gen Ruhm für flücht'ge Schande!
York. Und wenn der König in Verdacht geriete
Des Einverständnisses mit mir, es wär'
Um seinen Thron gescheh'n, wie um mein Corps,
Sobald Napoleon von neuem aufsteht.
Ich richtete zu Grund, was zu bewahren
Als unsers Vaterlandes letzte Hoffnung
Mir anvertraut, und jeder Tropfen Bluts,
Durch meine Schuld vergossen, zeugte einst
Vor meinem höchsten Richter wider mich!
Wie wollt' vor seinem Blick ich dort besteh'n?
Clausewitz. In solchen Zeiten, wie die uns're, spricht
Der Herr zu seinen Auserwählten oft
In schwachen Zeichen; seines Willens Auftrag
Vertraut er auch geringem Werkzeug an.
Die Reise des Entschlusses läßt er ganz
Der Seele des Erkor'nen. Wehe ihm,
Versagt er sich dem Ruf. — —
Der einz'ge schwache Augenblick, er hätte

Die Summe eines Lebens voll Verdienst
Und ew'gen Lohn mit einemmal verschlungen!

Yort. Ein Wort auf Ihr Gewissen, Clausewitz!
Wer hat den Plan zu dem Traktat gefaßt,
Sie oder Diebitsch?

Clausewitz (zögernd).   Bitte, Exzellenz!

Yort. In dieser Stunde keine Ausflucht, Freund!
Sie oder Diebitsch?

Clausewitz (nach einer Pause). Ich.

Yort.   Sie haben mich!

(Er reicht Clausewitz die Hand. Während noch beide Hand in Hand dastehen,
treten Kleist, Röder, Yort und Seydlitz unter die Thür und bleiben in sprachloser,
freudiger Erregung eine Zeitlang in den Anblick versunken stehen.)

Yort. Gelobt sei Gott! Sie haben sich gefunden!

Yort. · Da sind die Zeugen unsres Bundes schon!

(Zu den Eingetretenen.)

Ich habe mit den Russen abgeschlossen.

Kleist. Gottlob, daß endlich wir vom Bann erlöst!

Yort (zu Clausewitz). Ich werde morgen mich punkt acht Uhr früh
Beim nahen Dorfe Poscherun befinden
Und lade General von Diebitsch ein,
Mich zu erwarten in der Mühle dort
Zugleich mit Ihnen. Sorgen Sie dafür,
Daß auch Graf Dohna kommt!

Clausewitz.   Er wird nicht fehlen,
Sind wir doch alle Fünfe Preußens Söhne.

Yort. Dort wollen wir das heil'ge Werk beginnen
In des Dreieinigen gelobtem Namen,
Daß Er uns Seines Segens Kraft verleihe
Und unsern Waffen Seine Stärke gebe,
Wie Er auch unsres Königs Herz erleuchte,
Daß gut er heiße, was wir dort beschließen.

(Während dieser Worte Yorks sind durch die weit geöffnete Thür Offiziere aller
Grade und Waffengattungen eingetreten. Der Dragoner-Rittmeister von Wernsdorf befindet sich darunter.)

Yort. Ich wollte Ihnen, meine Herr'n, eröffnen,
Daß ich den Marsch nach Tilsit aufgegeben.

(Freudige Bewegung unter den Offizieren.)
(Zu Wernsdorf.)

Ich lasse Ihrem General befehlen,
Zum Corps zurückzukehren unverzüglich.

Wernsdorf. Mit Jubel werd' ich dort empfangen werden!

Die Offiziere. Hoch lebe der Befreier Deutschlands, York!

York. Ihr habt gut reden da, ihr jungen Leute,
Dem Alten aber wackelt schon der Kopf
Auf seinen Schultern.

Die Offiziere.   Nein, wir schützen Sie,
Und wenn es sein muß, mit dem eignen Leben!

York. Nun lassen Sie mich den Entschluß verkünden!

(Vollkommene Stille tritt ein.)

Kam'raden, durch des Himmels Rächerhand
Ist die französische Armee vernichtet,
Und damit ist die Stunde angebrochen,
Wo unsre Freiheit wir erringen können,
Wenn wir uns mit dem russ'schen Heer verbinden.
Wer so wie ich denkt, schließe sich mir an,
Fern aber liegt es mir, dazu zu nöt'gen.
Glückt das Vorhaben mir, so wird der König
Mir gnädig wohl vergeben, doch mißglückt's,
So werd' ich mit dem Kopf mein Wagnis büßen.

Alle Offiziere (die Degen aus der Scheide reißend und schwingend). Im Leben
                    und im Tod steh'n wir zu York,
Zu unserm General, das schwören wir!
Alle für einen, einer für alle! Hurrah!

York (mit der Hand Ruhe gebietend). Jetzt oder nie erschien die
                    Stunde endlich,
Uns loszureißen von dem Unterdrücker!
So wollen wir denn unter Gottes Schutz
Zum Werke der Befreiung mutig schreiten
Und opfern ihm den letzten Tropfen Bluts.
Mag fort uns auch der Sturm der Schlachten wehn,
Das Vaterland soll ewig fortbestehn!

Alle. Das Vaterland wird niemals untergehn!

Der Vorhang fällt.

Ende des vierten Aktes.

Fünfter Akt.

(In Yorks Wohnung in Königsberg wie im erſten Akt. Johanna von York
und Wilhelmine, letztere im Trauerkleid.)

Johanna von York. O frohe Botſchaft, teure Wilhelmine,
Für Sie und traurige für mich. Von Memel
Iſt eben Ihre Schweſter angelangt,
Uns zu entführen unſern lieben Gaſt.
Wilhelmine. Wo iſt ſie, gnäd'ge Frau?
Johanna von York.   Bei der Majorin
Von Seydlitz, deren Mann der Werten Reiſe
Bis Königsberg behütet. Friederike
Wird augenblicklich hier bei uns erſcheinen.
Wilhelmine. Und auch von York, dem teueren Gemahl,
Uns Kunde bringen.
Johanna von York.   Gäb' es Gott! Ich lebe
In ſteter Sorge, wenn er fern von mir,
Denn wenig nur läßt der verſchloſſ'ne Mann
Uns ahnen die Gefahr, die er beſteht.
Selbſt von der letzten ſeiner Thaten hör' ich
Nur, was Gerüchte mir zu Ohren trugen.
O, wenn es wahr, daß er auf eigne Fauſt,
Sich, gegen den Befehl des Königs handelnd,
Von unſ'rer Peiniger Bündnis losgeſagt,
Dies Wagnis könnt' ihm ſelbſt das Leben koſten!
Wilhelmine. Und doch wüßt' ich nichts Höh'res, gnäd'ge
                                   Frau,
Als wenn es wahr!

Johanna von York. Sie haben recht. Es ist
In diesen Tagen selbst das größte Leid
Des Einzelnen zur Klage noch zu klein.

(Friederike erscheint mit Luise von Seydlitz und eilt Wilhelminen in die Arme.)

Friederike. Geliebte Schwester!

Wilhelmine. Teure Friederike!

Friederike (zu Johanna von York). Respektvoll küss' ich, gnäd'ge Frau,
die Hand.

Johanna von York (zu Friederike). Willkommen, liebe Freundin!

Friederike. O, wie kann
Ich danken je genug für all' die Güte,
Die Sie und Ihr Gemahl uns schon erwiesen!

Johanna von York. Jetzt nichts vom Dank! Wie haben Sie
die Reise
In dieser Winterkälte wagen können?

Friederike. Wohl war beschwerlich unsre lange Fahrt,
Jetzt da in Eis und Schnee das Land erstarrt,
Doch, was ich sah und auf dem Weg erlebt,
Hat so mit Jubel mir das Herz erfüllt,
Als ob ich in den vollen Frühling führe!
Wo unsre Truppen sich am Wege zeigten,
Da strömte jauchzend alles Volk herbei,
Die Tapfern zu empfangen. Ins Quartier
Geführt, ward jeder festlich froh bewirtet,
Den Scheidenden ward lang noch nachgerufen,
Der Nahenden mit Ungeduld geharrt,
Und alle wurden liebreich aufgenommen,
Als wären sie die Söhne Einer Mutter.
Er aber zog voran wie im Triumphe!

Johanna von York. Wer zog voran?

Friederike. O gnäd'ge Frau, wer sonst
Als General von York, Ihr edler Gatte,
Des Vaterlands Befreier!

Johanna von York. Also wäre
Er selbst uns schon so nahe?

Friederike. Bis ans Thor
War ich mit Seydlitz dicht ihm fast zur Seite
Und staune, früher hier zu sein als er.

Luise von Seydlitz (lächelnd). Das hatten beide wohl so eingerichtet.

(York und Seydlitz treten auf. York umarmt seine Frau, Seydlitz begrüßt die seine ebenso, hierauf Wilhelmine und Friederike.)

York. Ich halte Dich in meinen Armen wieder!
Du bist gesund — was machen unsre Kinder?

Johanna von York. O, alles wohl, da Du uns wiederkehrst.

York. In froh'rer Hoffnung, als da wir geschieden.

Johanna von York. Doch ist es wahr, daß Du das Bündnis
brachst?

York. So ist's, mein Kind!

Johanna von York. Um Gott, was sagt der König?

York. Er wird, so hoff' ich, bill'gen meine That.

Johanna von York. Wenn aber nicht?

York (mit trockenem Humor). Dann kostet mich's den Kopf.

Johanna von York. O, mein Gemahl!

York. Getrost, mein Herz, noch sitzt
Er fest und hoffentlich so lang, bis wir
Den Franzmann glücklich aus dem Lande haben.

(Zu Luise von Seydlitz, sie begrüßend.)

Ein wenig nahm mein Seydlitz auch auf sich.

Seydlitz. Es macht mich stolz dies Zeugnis, Exzellenz!

York (zu Wilhelmine, ihre Hand erfassend). Wie soll ich meinen Anteil Ihnen äußern?

Wilhelmine. Das Herz, an dem die Welt erwacht mir war,
Hat aufgehört zu schlagen.

York. Teures Kind,
Ich bringe Ihnen seinen Abschiedsgruß
Mit jenem Ring, den Sie ihm einst geschenkt,
Und dem er seinen letzten Blick noch weihte,
Bevor sein Auge brach.

(Zu den übrigen.)

Auch Freund Czarnowski
Kehrt nimmer uns zurück. Er liegt im Schnee
Von Rußland fern gebettet, und mit ihm
Das stolze Regiment, das er geführt.

Seydlitz. Es war ein lieber, braver Kamerad!

York. Nicht Zeit ist es, den Toten nachzutrauern,
Da jetzt die Stunde Thaten von uns fordert.

(Zu Johanna von York.)

Nun grüße mir die Kinder, liebe Frau;
Sobald ich kann, schließ' ich sie in die Arme.
Johanna von York. Kaum noch begrüßt' ich dich, mein Held.
York (lächelnd). Du kennst
„Des Dienstes ewig gleichgestellte Uhr".
(Zu Friederike und Wilhelmine.)
Ich hoff' Sie noch zu seh'n, bevor Sie reisen.
Friederike. Wenn Exzellenz geruhn und gnäd'ge Frau.
York. Wir sind aus Memel noch die alten Freunde.
Luise von Seydlitz (auf Wilhelmine deutend). Drum haben Sie mich
auch des Gasts beraubt.
York. Sie sind in meinem Hause selbst daheim.
(York reicht ihnen die Hand, worauf Johanna von York, Luise von Seydlitz,
Friederike und Wilhelmine ins andere Zimmer sich entfernen.)
Ich hatte fest und sicher drauf gebaut,
Befehle aus Berlin hier vorzufinden.
Seydlitz. Der Feind bedrängt den König offenbar.
York. Sein Schweigen wär' sonst völlig rätselhaft.
Was aber sagen Sie, daß Clausewitz
Mit uns in Königsberg ist einpassiert,
Und eine Unterredung mit mir fordert?
Seydlitz. Ich sah ihn flüchtig vorhin auf der Brücke,
Die Miene ruh'ger noch, als wie gewohnt.
York. Die Stunde naht, da ich ihn herbeschied!
Auch haben sich die Stände der Provinz
Mir zum Besuche dringlich angemeldet
Durch Grafen Dohna, ferner Heidemann,
Der Oberbürgermeister unsrer Stadt.
Was wir gesehen auf dem Weg von Tilsit
Bis Königsberg, läßt Förderlichstes mich
Von solchem schnellbereiten Eifer hoffen —
Doch um den König bin ich tief besorgt.
Seydlitz. Auffäll'gerweise mangelt auf den Ordres,
Die jüngsten Datums, seine Unterschrift.
(Clausewitz und Kleist treten ein.)
York (Clausewitz die Hand reichend). Willkommen, lieber Clausewitz!
Sie staunen,
Mich weit schon von der Memel hier zu sehn,
Und wissen nicht den Vormarsch sich zu reimen.
Ja, ja, Ein Schritt vom Wege kostet mehr!

Clausewitz. Ich gratuliere, Exzellenz, zum Vormarsch.
Nicht wie durch eigenen Entschluß getragen,
Von e i n e r Woge der Begeisterung
Entführt, so zog das Corps durch die Provinz.
York. Doch, was führt Sie, den russ'schen Offizier,
Hierher in mein Quartier?
Clausewitz. Der Wunsch, es möchte
Die kühne That die kühn're noch gebären.
York. Und ihr? Warum habt ihr nicht an der Memel
Den flücht'gen Feind im Ansturm überrannt
Und das entblößte Danzig eingenommen?
Kleist. Mit e i n e m Schlag war uns der Weg erschlossen
Bis nach Berlin!
Seydlitz. Und Kaiser Alexander,
Vom Feuergeiste unsres S t e i n beraten,
Er fand dort unsres Königs Bruderhand.
Clausewitz (ein wenig zurücktretend). Ich ahnte nicht, was solch ein
r u s s ' s c h e r Winter,
Für eine Macht ist, die der Mächt'gen spottet;
Nur er ja hat Napoleon bezwungen.
So litten Rußlands Streiter nach dem Siege,
Wie selten ein geschlag'nes Heer, und ratlos
Erklärten sich die Führer außer stand,
Den Kampf im fremden Lande fortzusetzen,
Erfolgt Ihr Beitritt nicht und ohne Zögern.
York. Ich bin in peinlicher Verlegenheit,
Da jede Nachricht aus Berlin mir mangelt.
Kleist. Ob wir uns so nicht schon zu weit gewagt?
Seydlitz. Nicht weiter, eh' der König hat gesprochen!
Clausewitz (nach kurzer Pause). Er h a t gesprochen.
Seydlitz. Wer? wer hat gesprochen?
Clausewitz. Der König.
Kleist. Nein, unglaublich!
York. Nun, was hat
Der König denn gesprochen, Clausewitz?
Clausewitz. Er hat die Konvention, die Exzellenz
In Poscherun mit uns dort abgeschlossen,
Verworfen!
Seydlitz. Wie? Verworfen, sagen Sie?
Clausewitz. Verworfen.

York. Gut, und dann?

Clausewitz. Hat er befohlen,
Sie zu verhaften, Exzellenz. Statt Ihrer
Hat General von Kleist den Corpsbefehl
Zu übernehmen. —

(Clausewitz zieht ein Zeitungsblatt hervor und übergiebt es Seydlitz.)

Seydlitz (liest). „Der König hat dem General von Kleist
Befohlen, das Kommando abzunehmen
Dem General von York und ihn verhaftet
Vor das gewärt'ge Kriegsgericht zu stellen."

York (nach einer Pause). Nun Kleist, was zögern Sie, hier ist mein
Degen —

Kleist (nach kurzem Besinnen). Kein Zeitungsblatt kann mir Befehle
bringen.

Seydlitz. Und ich und Röder, Bork und Massenbach,
Wir alle gehen mit vor's Kriegsgericht.

Kleist. Auch ich! Und noch ein anderer! Ich ließ
Aus Tilsit an den General von Bülow,
Der nah bei Graudenz steht mit seinem Corps,
Ergehen das Gesuch, er möge sich
Anschließen unserm Schritt. Er schrieb mir heute,
Daß er bereit mit ganzem Herzen sei.
Auch hab' er schon dem Könige berichtet,
Die Flamme der Begeist'rung sei im Volke
Nun nimmermehr zu zügeln und er hoffe,
Daß Majestät den Schritt ihm werde nachsehn.

Clausewitz. So hört er auch, wie andre Treue denken!
Das Vorgehn gegen seinen General
Ward in Berlin ihm abgenötigt nur
Durch seine Wächter, denn im Herzen billigt
Er solche Heldenthat! — Nun, Exzellenz,
Steh' ich nicht mehr so flehend da, wie jüngst
Dort unterm dürft'gen Dache zu Tauroggen,
Wo Deutschlands Freiheit wurde neugeboren.

York (nach kurzem Besinnen Clausewitz die Hand reichend). Jetzt oder nie, ich
schrieb's und bleib' dabei —
Sie haben mich ein zweites Mal gewonnen!

(Graf Alexander zu Dohna mit Mitgliedern der Stände Ostpreußens,
darunter auch Kölmer (Lehnbauern), Oberbürgermeister Heidemann mit Stadt-
verordneten von Königsberg treten auf.)

Da sind sie schon, Graf Dohna samt den Räten
Des Landes! Seien Sie gegrüßt, und Sie,
Herr Oberbürgermeister, ebenfalls!

Alexander Dohna. Geruhen Exzellenz, durch mich im Namen
Der treuen Stände unserer Provinz
In Gnaden die Versich'rung anzunehmen,
Daß sie bereit zu jedem Opfer sind.

Heidemann. Ein gleich Gelöbnis bringt die Bürgerschaft
Von Königsberg dem Vaterlande dar
Und seinem ruhmbedeckten General
Von York.

York. Ich danke herzlich, meine Herren.
Ein schwaches Werkzeug bin ich in der Hand
Des Höchsten, doch ich bau' auf Seine Hilfe.

Heidemann. Der Rektor unsrer alten Albertina
Läßt gleichfalls bitten um geneigt' Gehör;
In hellem Aufruhr sind ihm die Studenten
Und fordern einen Platz bei Ihrer Fahne.

York. Er soll mir jederzeit willkommen sein!

(Ein Stadtverordneter enteilt. Johanna von York, Luise von Seydlitz, Friederike
und Wilhelmine treten von rückwärts ein, mit ihnen der Landhofmeister von
Auerswald.)

Johanna von York. Verzeihung, mein Gemahl, daß hier wir
stören!
Wir waren lang im Zweifel, was zu thun.
Herr Landhofmeister hier von Auerswald
Fand Dich beschäftigt und sprach vor bei mir;
Sein Auftrag fordert viel Behutsamkeit.

York. Was führt Sie her, mein lieber Landhofmeister?

Auerswald. Es ist ein Auftrag Seiner Majestät,
(Die Versammlung anblickend.)
Doch weiß ich nicht —

York. Befehl von unsrem König —
Er könnte nicht zu bess'rer Stunde kommen!

Auerswald. Ich rede vor verschwieg'nen Männern ja.
Was jüngst als Willen Seiner Majestät
Die Zeitungen gemeldet, war vom Kanzler
(Wie Graf von Hardenberg mir selber kund that)
Aus Gründen nur der Staatsraison veranlaßt.

Greif, General York.   5

Des Königs Meinung kündet dies Signat,
Das ich beauftragt bin zu überbringen.
(Er übergiebt York ein versiegeltes Schreiben.)

York (öffnet und liest). „Wir finden Uns nach eingeholtem Aus=
spruch
„Von seiten unpartei'scher Generale
„Bewogen, zuzustimmen alledem,
„Was durch den General von York geschehn,
„Und machen Selbst ihm gern davon Eröffnung.
„Berlin im Jänner. Friedrich Wilhelm, König.“
(Er läßt das Blatt sinken. Pause.)

Clausewitz. Ich wünsche Glück von Herzen, Exzellenz.

York (Clausewitz umarmend). Gott sei's gedankt und Ihnen, teurer
Freund!
(Zu Johanna von York, sie an sich ziehend.)
Du hast umsonst für meinen Kopf gezittert
Und nicht bedacht, wie groß des Königs Huld.

Johanna von York. Dafür ist um so größer nun mein Glück!

Auerswald (York beglückwünschend). Der Augenblick bleibt unver=
geßlich mir.

York (zu den ihn Beglückwünschenden). Ich danke allen für so warmen
Anteil.
(Man hört vor der Thüre Hochrufe und die Stimmen von Studenten.)

Heidemann. Das sind die Söhne unsrer Albertina,
Magnificenz den Rektor in der Mitte.
(Die Studenten mit dem hochbetagten Rektor und geführt von Bork treten auf.)

Der Rektor (nach einer Verbeugung). Mit Ungestüm bedrängt mich
Königsbergs
Studentenschaft, die hohe Schule hier
Zu schließen und zu bitten Exzellenz,
Sie alle einzureihen in Ihr Corps.
Und ich verdenk' es nicht dem jungen Blute:
Wenn ich ein paar Semester wen'ger zählte,
Ich nähme selbst Tornister und Gewehr:
Denn inter arma silent musae. Bitte,
Willfahren Sie dem Wunsch der feurigen Jugend,
Wie Herr Major in Aussicht schon gestellt.

York. Der sie zum Krieg auch tüchtig machen wird.
(York die Hand reichend.)

Daran erkenn' ich meinen braven Bork.

(Zum Rektor.)

Mit Freuden sei's gewährt!

Die Studenten.   Hoch, General

Von York! Hoch lebe unser großer Führer!

(Die Studenten treten zurück.)

(Glockengeläute und Kanonendonner wird vernommen. Ebenso sich nahende Musik. Von der Straße her leuchten Fackeln auf, von deren Wiederschein Yorks Gestalt hell beleuchtet wird.)

York (mit erhobener Stimme). Kraft meines Amts als Gouverneur

von Preußen

Und in Vertretung Seiner Majestät
Erklär' ich die Provinz in Kriegsbereitschaft.
Wer Mut in seinem Arm und Herzen fühlt,
Weiht sich und was er hat dem Vaterlande,
Das wir befreien wollen von dem Joch
Der allzulang ertrag'nen Fremdherrschaft.
Des Königs Ruf, der bald erweckend dringt,
An unser Volk, ergeht an alle Deutschen,
Und jedes Herz flamm' auf, das ihn vernimmt!

Alle. Hoch unser König, hoch das Vaterland!

(Unter den Klängen des auch von der Straße her angestimmten Nationalliedes fällt der Vorhang.)

Ende.

———————•———————

Im gleichen Verlage erschienen von

Martin Greif:

Gesammelte Werke in 3 Bänden.
(Band I: Gedichte; Band II/III: Dramen.)
Broschiert M. 12.—, in Ganzleinen M. 15.—.

Gedichte. Sechste, reich vermehrte Auflage. (Achtes Tausend.)
Gebunden M. 4.—, desgl. in eleg. Goldschnittbande M. 5.—.

Dramen. 2 Bände.
Elegant broschiert M. 8.·—, gebunden M. 10.—.

Agnes Bernauer. Der Engel von Augsburg. Vaterländisches Trauerspiel.
Broschiert M. 1.—.

Hans Sachs. Vaterländisches Schauspiel.
Broschiert M. 1.—.

„Greif ist nicht bloß bedeutender Lyriker, der alles, was das Menschenherz in Lust und Leid bewegt, in einfacher, aber tiefempfundener Weise gestaltet, sondern auch hervorragender Dramatiker."
Aus: Kluge, Geschichte der deutschen National=Litteratur.

„Das Wohlgefallen an Greifs Dichtungen ist geradezu ein Grad=messer für die Gesundheit unseres ästhetischen Empfindens."
Blätter für litt. Unterhaltung.

Pierer'sche Hofbuchdruckerei Stephan Geibel & Co. in Altenburg.